흐르는

강물처럼

# 흐르는 강물처럼

초판 1쇄 인쇄일 2021년 10월 28일
초판 1쇄 발행일 2021년 11월 05일

**지은이** 김창환
**펴낸이** 양옥매
**디자인** 표지혜 김영주

**펴낸곳** 도서출판 책과나무
**출판등록** 제2012-000376
**주소** 서울특별시 마포구 방울내로 79 이노빌딩 302호
**대표전화** 02.372.1537 **팩스** 02.372.1538
**이메일** booknamu2007@naver.com
**홈페이지** www.booknamu.com
ISBN 979-11-6752-043-2 (03810)

# 흐르는 강물처럼

김창환 산문집

책과나무

그리움이라는 거
한 번 만들어 보고 싶어요
누군가를 보고 싶어 하는 거
함 해 보고 싶어요

야릇한 용기였는지, 일탈의 반향이었는지 분간하기는 애매했다. 우연히 마주친 낯선 사람과 다정하게 인사를 나누듯 자연스러워 나 자신도 놀랄 지경이었다. 하지만 일면식도 없는 낯선 남성에게 그런 문자를 보냈다는 부끄러움에서 온전히 비켜날 수는 없었다. 물론 잘 알지 못하는 사이만은 아니었다. 그가 아침마다 전해 주는 변화하는 자연 속의 이야기들, 때로는 애잔하기도 했을 삶의 단상들이 스며든 한 토막의 산문시에 관심을 가지고, 드문드문 느낌을 전하기도 했던 애독자였으니.

2020년 1월, 설날 연휴가 시작되면서 그런 난리가 없었던 듯, 코로나 19로 명명된 신종 바이러스는 우리의 일상을 온통 휘저으며 암울한 날들이 지나가고 있었다.
입춘이 지나면서 희망 사항처럼 잠깐 사그라지는가 싶더니 특정 종교단체에서 번진 바이러스는 〈눈먼 자들의 도시〉처럼 특정 지역을 중심으로 급속하게 되살아 번져 나갔다. 죽음의 공포에서도 숨어들거나 피할 수도 없었다. 눈에 보이지 않으면서 감쪽같이 옮겨 다니는 병원체는 타인과 골목길을 배회하며 삶을 옥죄어 왔고, 봄은 속절없이 또 흘러가고 있었다.

아침이면 당연히 직장을 향해 출근하던 일상은 막연히 미뤄졌다. 자의에 의한 격리를 택할 수밖에 없었고, 한 번도 경험하지 못한 답답한 하루하루의 마침표가 어디쯤인지 가늠할 수도 없었다. 바이러스가 내게는 닿지 않을 거란 복불복(福不福)의 막연한 행운을 기대하며 갇힌 듯 갑갑한 날들이 지루하게 지나가고 있었다.


세대는 물론 개인차가 존재하는 것이니 특정한 시기로 한정할 수는 없지만 초등학교를 지나는, 신체가 성숙되어 가는 과정에서 정신적인 변화도 맞게 된다. 아련한 내 인생의 봄이었을 청춘의 시기, 사춘기를 어떻게 지냈는지는 명확히 떠오르지는 않는다.

시작되기 한 달 전쯤부터인가 배가 자주 아프기 시작했고 가슴에 멍울이 생기듯 통증도 마찬가지였다. 신체가 성숙되는 변화에 따라 2차 성징이 나타나며 생식 기능이 왕성하게 시작되는 시기이니 신체적·정신적으로 분명한 변화가 내 안에서 있었을 것이다.

막연하지만 여성성의 토대처럼 어른이 되어 간다는, 초경이 시작되었다. 가슴이 커져 가고, 요즘 엄마들이 두려워하는 것처럼 반항심으로 표출되는, 이성을 새로운 시각으로 바라보면서 두근거리고 막연했지만 설렘도 서성거렸다. 부모의 보살핌과 간섭으로부터 온전히 벗어날 수는 없지만 이를 도모하는 시기라고도 할 수 있었을 듯.

그러면 갱년기는 무엇이라고 특징지을 수 있을까? 사춘기와는 무슨 상관이 있을까? 사춘기와 반대랄 수는 없겠지만 여성의 경우 폐경과 함께 신체적인 퇴조에 따른 여러 증상이 나타난다.
여성성의 소멸감, 한 달에 한 번씩 의식처럼 치르면서 번잡스럽거나 거추장스럽기도 해 힘들었다고 생각했던 것이었는데 오히려 그에 대한 아쉬움, 대상도 없는 막연한 짜증 같은 슬픔과 우울함이 곁들여지던 시기였다.
갱년기 증상이라는 것이 일반적으로 얼굴이 화끈거리거나 열이 오르고 신경이 예민해지며 매사에 짜증을 부르고 삶의 허무감까지, 불면증에 우울증까지 한꺼번에 들이닥친다.

사춘기는 부모로부터 독립을 도모하는 시기이고 갱년기는 배우자로부터 벗어나고픈 시기라고 하면 되는 것일까? 물론 벗어나고 싶다고 벗어날 수 없는 것은 두 대상이 모두 마찬가지이지만.
내가 그랬다. 아이들을 키우고 오래된 가부장교의 충실한 신도처럼 권위적인 남편과의 관계에서 '나'란 존재는 찾을 수가 없었던 세월, 어디에서건 내 이름이 아닌 '누구 엄마'의 그림자처럼 존재했던 세월이었다. 새삼스럽게 억울하다거나 가정이라는 울타리에서 달아나겠다는 불편한 심사는 아니었지만 내면의 반향은 피할 수 없었다. 여러 번 보았던 영화 〈메디슨 카운티의 다리〉를 한 번 꼭 가 보고 싶었다는 것은 그런 사랑을 꿈꾼 것인지도 모른다. 여성의 권위가 상대적으로 상승해 가는 분위기도 있지만 확실히 갱년기를 넘어선 부부는 성(性)적 관계에서든 정서적 유대 관계에서든 서로가 서로에게 유연함을 요구하거나 추구하는 시기랄 수도 있다. 부모의 간섭을 벗어나려 했던 사춘기의 반항을 자연스럽게 받아들여야 하듯이 갱년기에 들어선 부부 역시 방종의 잣대를 들이댈 수는 없는 거 아니냐는 나의 항변은 어떤 반향을 불러일으킬 것인가.

그러고 보니 한 번도 관심 있게 생각하지 않았던 사춘기와 갱년기와 더불어 내 몸 안의 순환, 초경과 폐경이라는 대척점이 새삼스러웠다.

어린 시절, 생울타리가 둘러선 시골집에서 아침에 일어나면 울 밖 감나무에 찾아와 지저귀던 참새며 까치들의 정겹던 모습들을 기억한다. 그 정겹던 모습처럼 언제부턴가 아침마다 배달되듯 그가 온라인으로 게재하는 엽서를 읽었다. 한 편의 시처럼 짧은 글이었으니 나름 엽서라고 표현했다.

주말을 제외하고 그의 글은 날마다 철따라 피어나는 꽃과 변화하는 자연의 모습, 일상에서 부딪치는 일들을 짧게 산문시의 형식으로 내게 엽서를 보내듯 전해졌다. 물론 나에게만 보내지는 것은 아니었을 거다.

가끔씩은 그가 올리는 글에 공감을 표시했을 뿐, 일면식도 없었다. 단순히 아침 엽서를 통해 알게 된 것이니 피차 서로 익명의 대상이었다. 가랑비에 옷이 젖어 들듯 그에 대한 관심이 마음 한편에 자리 잡아 갔다.

그가 『안나푸르나 7일』이라는 제목의 책을 출간하고 북 콘서트를 갖는다는 일반적인 공지가 있었지만 참가하지는 못했는데, 해외봉사 일정 중에 안나푸르나 트래킹에 나섰던 교사 4명이 눈사태에 실종되는 안타까운 일이 생겨났던 게 우연히도 그날이었다. 아무튼 그가 발표한 책 『안나푸르나 7일』을 주문해서 읽었고 겉표지 뒷장의 메일 주소로 그에게 짧게 메일을 보냈다.

"새로운 책을 만난다는 게 맛있는 밥상보다 반가운데, 작가의 '고유한 영역'을 탐색하며 몹시 놀라왔습니다. 어느 틀에도 얽매이지 않고 자유자재로 유영하는 작가의 문학 혼을 따라 날아오르고 내려앉으며 흠뻑 빠져들었다고나 할까요. 막혀 있던 폐부가 뻥 뚫리는 신선하고 명쾌한 느낌, 탄산수보다 짜릿한 느낌이었습니다."
소소한 단상처럼 달착지근함을 보태 책을 읽은 느낌을 적어 보냈을 때 그에게서 다시 답장이 왔고 그의 전화번호도 알게 된 것이다. 그리고 몇 번의 문자를 주고받은 후 그에게 뭔가 암시를 내보이듯 위의 문자를 보냈던 것이다.

사랑을 시작한 사람은 사랑의 숙주가 된다는, 누군가에게 홀려서 사랑하기로 작정한 사람의 내부에서 사랑은 생을 시작한다는. 『사랑의 생애』라는 소설에서 사랑을 단정하듯 그렇게 정의했다. 그러니까 사랑은 기생체, 나쁜 비유이지만 바이러스와 다름 아니었다.
사람이 사랑 속으로 빠져드는 것이 아니라 사랑이 사람 속으로 들어온다는, 숙주가 기생체를 선택하는 것이 아니라 사랑이라는 기생체가 숙주를 정하는 모양새를 구축한다는 의미였다. 그전에 기생체가 좋아할 만한 숙주의 조건을 말할 수는 있지만 그렇더라도 숙주는 선택을 이야기할 수 없다는 것, 사랑이 들어오거나 나가거나 어떤 주체적인 역할을 할 수 없다는 거다. 숙주, 즉 사랑이 스민 사람은 오로지 그 사랑이 욕망하는 것만을 욕망한다는 것도.

누구든 사랑을 시작하면 변화가 나타난다. 코로나 바이러스가 몸으로 침투하면 열이 오르고 마른기침을 하는 증상이 나타나듯이, 사랑이 들어온 자는 마음이 달뜨고 너그러워지기도 하고 현상에 예민해지며 민감해지듯 우울해지기도 한다.

몸 안에 바이러스가 들어오면 바이러스가 발현해 내는 증상을 어찌할 수가 없듯이 사랑도 마찬가지다. 정상적인 상태와 바이러스가 몸 안으로 들어왔을 때가 다르듯이, 사랑이라는 바이러스가 몸 안으로 들어오면 사람마다 제각각이긴 하지만 그 증상을 피할 수가 없다는 거다. 사랑할 만한 자격을 갖춰서가 아니라 사랑이 바이러스처럼 몸 안으로 흘러들었을 때 어쩔 수 없이 사랑하는 사람이 된다는 거다.

그에게 문자를 보냈던 것은 내게 들어온 연모의 감정을 그에게
보낸 것의 다름 아니었다. 그리움을 만들고 싶다는 것이 어떤 형
식이든 만남을 시작하자는 것인지, 이별을 전제하고 만나자는 것
인지 실은 나도 혼란스러웠다. 사랑이라는 것이 워낙 다양한 스
펙트럼을 가진 것이니까. 그때까지는 사랑이니 뭐니 말하기는
거북스러웠다.

이 땅에서 말로라도 사랑을 이야기한 것이 언제였을까? 일정한
공간 속에서 만나거나 우연히 만나거나 자연스럽게, 또는 자유스
럽게 연애를 할 수 있었던 것은 그리 오랜 세월이 아니었다. 사랑
을 낭만이라고 생각했던 걸까?

알랭 드 보통이 젊은 시절에 쓴 이야기 『왜 나는 너를 사랑하는
가』, 그 시작은 이렇다.

"삶에서 낭만적인 영역만큼 운명적 만남을 강하게 갈망하는 영
역도 없을 것이다. 우리의 영혼을 헤아리지 못하는 사람과 어쩔
수 없이 잠자리를 함께하는 일을 되풀이하는 상황에서, 언젠가
꿈속에서 그리던 남자나 여자와 마주치게 되는 것을 운명이라고
믿는다면 용서받을 수 있을까? 끊임없이 솟아오르는 그리움을
해소해 줄 존재에 대한 미신적인 믿음은 용서받을 수 없는 것일
까? 우리의 기도는 절대로 응답받을 수 없고, 서로를 이해하지 못

하는 비참한 순환에는 끝이 없을지도 모른다."

아무튼 뭐라고 특정 지을 수 없는 감정처럼 그리움의 축적을 가장한 사랑의 바이러스는 내 몸에 들어와 생애를 시작했다. 감정이라는 게 워낙 다양한 모습과 특정 지을 수 없는 것이기는 하나, 남녀 간이니 사랑이랄 수도 있지만 그렇게 정하기에는 너무 부담스러웠다. 사람들은 무엇이든 정의 내리기를 즐겨하지만 나는 정의를 내리지 않기로 했다.

아침마다 전해지는 엽서를 읽으며 나도 짧은 단상을 전해 주기 시작했다. 도피처가 필요한 공간의 의미였을까, 아니면 단순한 호기심이었을까? 강은 인간이 아닌 자연이 만든 것이기에 강을 따라 흘러간 물은 다시 돌아올 수 없었듯 우리 삶도 자연의 일부이듯 그와 다르지 않았다. '인생은 예술작품도 아니고 영원히 계속될 수도 없다'던 영화〈흐르는 강물처럼〉에서의 독백처럼 흘러가는 시간의 강물에서 그가 앞서 노를 저으면 그를 따르듯 한배를 탄 셈이었다.

# 차례

들어가는 글  •5

## **1부** 그리움, 봄이 오는 대지

눈사람  •20

액막이연  •22

사진틀  •25

고향, 그 오래된 형상  •27

불놀이  •30

둥지  •33

그 아침 너는 어디에 있었느냐  •35

오솔길  •39

봄 지리산  •41

지나간 것들  •44

석화(石花)  •46

회양목꽃  •48

바라길에서  •50

3월이 오면  •52

귀가 먼저 열리던 시절  •54

여행자  •57

손 없는 날  •59

종교란  •61

먼동  •63

보리밭  •66

굴뚝같았다  •68

돌아서야 할 길  •71

당신의 봄날 •73

봄의 활력 •75

화엄사 구층암 •78

봄바람 •80

봄비 •82

생강나무꽃 •84

강둑길에서 •87

복숭아꽃(桃花) •89

야생과 인생 •92

보아주어야 하는 •94

제비꽃 반지 •96

봄이 숨겨 온 비밀 •98

여우불 •100

소태맛 •103

수선화 •106

민들레꽃 •108

목련화 •110

조팝나무꽃 •112

산당화 •114

강둑에서 •116

얼레지꽃 •118

다리가 되어 •121

나무 •123

불일(佛日) •126

같이 가는 길 •129

다시 사월의 강둑에서 •131

씨앗 •133

오십 원 동전 •135

새싹 •137

배꽃 •139

가시 •141

그댄 봄비를 무척 좋아하나요 •143

마운틴 오른가즘 •146

비로소 •149

사과 •151

실개울 흐르는 곳에 •154

기다림 •157

산책 •159

황지(潢池) •161

정상 •163

새벽 •165

미뤄 두면 •167

아침의 표정 •169

수탄장 •171

귀가 두 개인 것은 •173

첫사랑 •175

시험 •178

도를 아십니까 •181

포말 •183

족제비 •185

## 2부 연민, 여름의 환희

여름으로 들어가며 •190

감꽃 •199

언제는 없는 시간일 뿐 •201

맨땅에 머리를 박다 •203

보리피리 •205

수달래꽃 •209

유모차 •211

제비 •213

버린 것인지 비운 것인지 • 215

향주머니 • 217

불두화 • 219

고분고분 지분지분 • 221

소리 • 223

넝쿨장미가 피어 있는 집 • 225

함박꽃 • 227

돌나물꽃 • 229

들밥 • 231

밤꽃 • 234

낙타의 꿈 • 236

마곡사 가는 길 • 239

너는 그런 사람을 가졌는가 • 242

천리포수목원 • 244

아, 잊으랴 • 247

여름 지리산 • 249

어정칠월 • 253

살구나무 흔들다 • 255

주아 • 257

참외꽃 • 259

내 친구 병근이 • 261

옥수수 • 263

나가는 글 • 265

(II편에 계속)

## 1부

## 그리움, 봄이 오는 대지

이제는 돌아가더라도
마음의 오래된 형상으로만 존재할 뿐인 것을

- 본문「고향, 그 오래된 형상」중에서

# 눈사람

입춘 날에 눈발이 날리고서야
까맣게 잊고 있었던 그 사람이 돌아 나왔다
솔잎으로 눈썹을 긋고
숯덩이로 입도 붙여 놓고
뭉툭한 코도 세워 주었던 사람
바람이 차가우니 빈 외투에
솔방울 단추도 채워 주었던 사람
혼자만 있으면 외롭다고 옆집 마당에서도 굴려
나란히 세웠던 또 한 사람까지

속은 드러내지도 않고 붙여진 숯덩이에
무던하게 표정을 드러내던 사람
가난했어도 푸짐하게 만들었던 그 사람
이제는 내린 눈도 마음처럼 가난해져서는
흙도 묻히며 작게 만들어진
까맣게 잊었던 그 사람

—

돌아보니 지난겨울엔 오랜만에 제법 눈이 내렸네요. 추운 날씨
는 좋아하지 많으면서도 눈 온 아침을 좋아하는데, 기후변화의
영향인 듯 점점 눈을 보기 어려워지는 것 같아요.

바람이 차가우니 빈 외투에 솔방울 단추도 채워 주웠다는 말이
옛 추억을 새록새록 불러내 주는 듯했어요. 그랬어요. 눈사람
이라고 혼자만 세워 둔 것 같지는 않아요. 눈이 부족하면 옆집
마당에서 굴러와 세워 주기도 했으니까요. 덕분에 저도 까맣게
잊고 있었던 눈사람을 만날 수 있었어요.

막연하지만 자기 자신의 마음을 반영하듯 표정을 만드는 거라
고도 하고 싶은데, 무던하게 표정을 드러내던 사람이라니 참 좋
네요. 그 사람이.

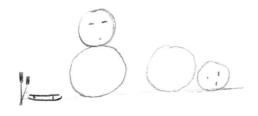

# 액막이연

'대추나무 연 걸리듯'이라는 속담이
대추나무 사랑 걸리듯 드라마 제목으로도
정월보름날이 지나면 대추나무엔
이런저런 연들이 다닥다닥 걸려
늦은 봄날까지 꼬리에 바람을 흔들다가
늦은 봄 대추꽃이 피면 사라지곤 했다

연의 생애 주기는 정월 보름
그때까지 온전하게 남아 있는 것들은
정한 이별처럼 떠나보내야 했으니
방패연이었다면 이별이 아쉬웠던 게
그래도 떠나보내야 했다

연에서 가까운 곳의 실에 꼬아진
연실의 한 겹쯤을 자른 후 연을 띄우다가
한순간 강하게 낚아채면 연줄은 잘려 나갔고

아쉬운 듯 연은 뒤뚱거리며 천천히
산을 넘어 아득히 사라져 가던 모습

꿈을 하늘 멀리 날리면서
소망을 만들어 보내고 모든 액운을
연이 실어 가라는 바람도 실려 있었을까
행여 살아오면서 누군가에 대한 서운함이거나
아쉬움으로 남아 있었던 것들도 날려 버리거나
털어 버리라는 기탁물로도

가오리연 방패연이 살았던 마을

—

〈연〉이라는 대중가요의 가사를 다시 음미해 보았어요. '내 맘 속에 한 점이 되라'는 가사에 목청이 올라가듯.

사내아이들의 놀이처럼 직접 연을 날려 본 기억은 없는데, 아이들이 보리밭을 달리거나 밭둑에 나란히 서서 연을 하늘에 올리는 모습은 기억에 남아 있어요.

정월보름달에는 그렇게 남아 있는 연을 정한 이별처럼 떠나보내야 한다는 것은 처음 알았어요.

# 사진틀

고향집 흙냄새 나는 벼름빡 위
사진틀 두 개엔 할아버지 회갑 날 사진도
일등병 군인이었을 때 아버지 사진도
초례청에 모란꽃 피듯 족두리에 연지곤지
두 손을 올려 붉어진 얼굴을 가린 누님의 얼굴도
19금 내 동생 돌 사진도
세월의 더께가 파리똥처럼 얽어져 있었다

눈 쌓인 산을 넘으며 토끼를 쫓다가
그 발자국만 따라다녔던 날
맹감나무 망개나무 청미래덩굴 등
이름도 여럿에다 빨간 열매도 푸짐했던
청미래덩굴을 감아 들고 와
그 사진틀 위에 올려놓았더니
삭막한 계절에 온기가 밴 화려한 장식처럼
그럴 듯 좋아 보였던 건 가족의 소중함도 있었으니

오래전에 떠난 고향집
그 사진틀은 어딘가에 남아 있으려나
식구(食口)란 같이 밥을 먹는다는 것
웅크린 초가집 안방 오봉밥상에 옹기종기 둘러앉았던 식구들
가난했지만 따뜻했던 그날들처럼

—

그 시절에는 누구네 집 할 것
없이 집집마다 안방 가운데쯤의
벽에 사진틀이 걸려 있었지요.
안방 천장 밑이나 대청마루 문
턱 위에 빼곡히 사진을 끼워 걸
어 놓았던 사진틀.

할아버지 회갑 때 사진에서 그 자식들 결혼사진, 졸업 사진, 손
주들 백일 사진 등 한 가족의 역사적 자취가 수놓은 사진틀은
그 집의 족보처럼 자랑스럽게 걸려 있었지요.
유명한 화가의 그림이 좋다지만, 가족으로서는 이보다 더 가치
있는 작품이 어디 있을까 싶네요. 사진틀을 채운 사진들은 가족
들의 역사이면서 추억의 저장고이기도 할 테니까요.
요즘엔 노인들이 사는 시골집에나 있는 것들, 오래된 사진들을
골라 사진틀을 만들어 놓고 싶네요. 그러면 잊었던 추억이 돌아
오고 마음이 따뜻해질 것처럼.

# 고향, 그 오래된 형상

나 나고 자란 마을을 벗어나고 싶었던 건
시간이 더디 가고 기다려야 할 것들이 많아서였을까
떠난 지 오랜 세월이 흘렀어도
고향이라는 말은 지워질 수 없는 흉터처럼
내 몸 곳곳에 여전히 남아 있었다

하늘이 끄물거리면
여기저기 쑤시기 시작하는 삭신처럼
사는 게 바람 든 무 씹듯 퍽퍽하다 치면
그 흉터는 덧난 듯 욱신거렸으니
고향이라는 마을은 떠났기에 생겨난 듯했다

나이의 수가 속도계인 양
점점 빠르게 스쳐 가는 시간들
나를 키워 낸 고향 언덕의 햇빛과 바람은
갈 적마다 낯설기만 한데

지나온 날들의 풍경과 인연들은
살아갈 날들의 여백에도 여전히 아른거리곤 했다

세월에 마모되어 마음속에 채워진
기억의 편린들은 서로 자리를 바꾸듯
그 숱한 기다림의 공간에 그리움은 차곡차곡 쌓여 가고
꿈을 꾸기보다는 채우지도 못할 욕망으로
삶은 여전히 흔들리는데

떠나왔음을 희구하듯
다시 고향에 돌아가고 싶다는 열망은
그리움의 잔재를 갈구하는 퇴행의 정서인가
삶의 유한함을 반추하는 귀거래사일까
고향이라는 마을은 떠났기에 존재했던 것처럼
이제는 돌아가더라도
마음의 오래된 형상으로만 존재할 뿐인 것을

피식민국의 비루한 백성에서, 해방과 분단, 다시 전쟁의 소용돌이, 혁명과 정변, 조국 근대화의 시대를 살아 나오면서 대부분 고향을 떠나 살아가는 사람들, 떠났으니 고향이라는 마을이 생겼다는 표현에 상실감 같은 감정도 묻어나는 듯하네요. 정말 어린 시절엔 기다려야 할 것들이 그리 많았는데, 이제는 그 공간에 그리움들로 다시 가득 채워진 것도 같고.

'하늘이 끄물거리다'라는 말은 흐리거나 비가 오기 전의 전조 같은 표현이겠지요? '이제는 피붙이조차 남아 있지 않은 고향이니, 오래된 형상으로만 존재할 뿐인가?'라고, 나도 누군가에게 묻고 싶네요.

# 불놀이

설날은 한참을 기다려야 오곤 했지만

정월대보름은 쉬이 다가왔다

온 동네를 몇 바퀴나 돌아 찾아낸 깡통에

못 구멍을 냈고 관솔은 따 쟁여 놓았을 때

마음에 먼저 둥그런 원을 그리며 불깡통이 돌려졌던 건

풋사랑을 불장난에 비유하듯

불장난은 풋사랑만큼 재미진 것이었을까


먼 옛사람들부터 모닥불을 피운다는 것은

수컷의 느낌이 충만해지듯

종교적 색채까지 의미를 부여하는 의식이었던 걸

출처를 짐작할 수 없는 재앙까지도

모닥불에 둘러앉아 공동체의 안위를 염려했고

때로는 동네볼기를 쳐야 할 자를 단죄하곤 했던 것


이제 불 피울 땅을 잃어버린 듯

사내들이 사는 대지는 어둡고 비루하기만 한데

보름달과 쥐불놀이 달집태우기

죽어 가는 것과 살아가야 하는 것의

곡절이 한데 있는 듯

—

설날이 지나고 정월보름날까지는 여러 가지 민속놀이가 이어지곤 했어요. 정월대보름이 가까워지면 할머니와 엄마가 설날과는 다른 묵나물들을 준비하는 것은 보았지만, 불놀이는 익숙하지 않았어요. 아무래도 사내아이들처럼 놀지는 않았으니까요. 남동생이 깡통을 구한다고 온 동네를 다닌 것 같았는데, 직접 체감되지는 않았죠.

그러니 불장난이 그렇게 재미있는지는 잘 모르겠네요. 철없는 이성 간의 사랑을 불장난이라고 표현한 걸 보면, 아마 어린 시절의 불장난이 그만큼 재미있었던 게 아닐까 하는 생각도 드네요. 누군가의 글에서 그런 이야기를 읽은 것 같아요. 사내들이 불 피우는 것을 좋아하는 것은 원시의 본성이 남아 있는 거라고. 그 말이 조금은 이해가 돼요. 보름달과 쥐불놀이, 정말 죽어가는 것과 살아가야 하는 것의 의미가 한데 담겨 있는 듯 해요.

# 둥지

입춘 지난 게 엊그젠데
나뭇가지를 물어 오르는 까치를 본 건
눈에 띄는 거야 한두 번이지만
까치는 천 번도 넘게 자재를 물어 올려야
한 개의 둥지를 엮는 것
연장도 도면도 없이
처음 봄을 맞은 햇새들도 집을 짓는다

안락한 일상을 위해서도
투자 목적이나
동네 새들에게 내세우기 위해서가 아닌
오로지 후대를 이루기 위해
새들은 둥지를 엮는다

숱한 공력으로 새집을 짓고
새끼를 키우다 보면

키워 준 은혜도 알 수 있으려나
새끼들이 날아가면
새집은 빈집이 된다

존재한다는 것은
후대를 이어 놓고
다 버리고 떠나는 것인 게야
인간들도 보라는 듯

—

이른 봄부터 까치가 집을 지을 나뭇가지를 물어 올리는 걸 본 적이 있어요. 해가 조금씩 길어지는 계절의 변화를 감지하는 장치가 그네들에게도 있는 것이겠지요. 꽃들도 마찬가지고.

정말 연장도 도면도 없이 처음 봄을 맞는 햇새도 집을 짓는 모습이 경이롭지요. 그렇듯 모든 살아 있는 것들은 후대를 남기기 위해 존재한다는 것. 사정이야 다 있겠지만 결혼을 포기한 젊은이들이 늘어 가는 건 모든 문제의 시작 같네요.

사는 게 힘들어 결혼하지 못하고, 결혼을 했더라도 아이를 갖지 않는다는 것은 인간다운 삶의 틀을 부정하거나 회피하는 것일 수도 있으니, 공동체의 문제라는 생각도 드네요.

# 그 아침 너는 어디에 있었느냐

태초에 높고 낮은 산맥들이 솟아오르고
그 빈자리 바다가 가득 차 흘렀다
무명의 천지간(天地間)에 빛이 이르매
낮과 밤이 구분되고 비와 바람이 일어
뭇 생명들이 깨어나 터전을 잡아 가니
생멸의 순환으로 이토록 기운이 흘러내렸다
지금 대지에 발을 딛고 있는 그 자리
나무 한 그루 풀 한 포기 들짐승 날짐승 물고기
너와 나 저마다의 존재함도 그러한 것이거늘

바다[海]를 만나면 마음이 설레거나
포근해지는 건 언제나 그 자리
생명의 근원인 어미[母]가 그 안에 있는 충동인 듯
바닷속에서 아침 해가 솟아오르던 것도 그랬다
멀고 가까움으로 하루 두 번 영락없이
먼 여행을 떠나듯 밀물과 썰물로 흐르는데

생명을 잉태하고 키워 내는 질척거리는
뻘밭 넓게 펼쳐진 바다는 멀게 비워 두고
모래언덕 이내 깊어진 바다는 지친 듯 가깝게도
아득히 먼 바닷길을 되돌아오곤 했다


영덕골 영해(寧海) 상대산에 올라
관어대(觀魚臺)에서 사방을 보는 건
서쪽으로는 긴 산맥이 첩첩하게 이어지고
동으로는 바다가 무제(無際)로 망망한데
초승달처럼 오목하게 기운 너른 모래벌판 너머
짙푸른 바닷속 고래가 물을 뿜어 올리듯
고래불은 목은 선생이 부른 헌사였다네


푸른 물결을 따라 노니는 고기를 보듯
관어대(觀魚臺)에 오르니
바다는 눈이 부시도록 쪽빛인데
파도 소리 누각으로도 오르고
북으로는 후포, 남으로는 호미곶이 가물거리니
너른 평야를 적시며 송천은 흘러 바다에 이르고
자연의 결을 따르는 안분지족의 소박함이듯
물결을 따라 노니는 물고기의 즐거움을 아는가
장자와 혜자가 나눴다는 이야기던가

장자가 먼저 말했다
물고기가 놀고 있군 저게 물고기의 즐거움이지[魚之樂]
장자 그대는 물고기가 아닌데
어찌 물고기의 즐거움을 알 수 있는가[知魚知樂]
혜자 그대는 내가 아닌데
어찌 물고기의 즐거움을 모른다 하는가


그 너머 열이레 하현달은 달려오는 여명에
빛을 잃어 가고 곰솔길 인공의 빛도 사그라지고
여명의 빛은 대지를 깨우듯 붉은 기운이 가득했으니
시간은 멈춘 듯 새로운 빛은 변화를 달구었나니


태곳적부터 한 번도 바닷물 마른 적 없고
우주의 근원인 양 태양은 빛을 잃지 않았으니
바다며 태양은 스스로 영원히 살아가는 것이고
천지간에 존재하는 모든 생명체는 살아 있듯
죽어 가는 죽어 갈 수밖에는 없는
순환의 다리를 건너야 하는 것을
종말은 뭇 생명의 절멸이었을 뿐
자연과 존재하는 것들의 숙명이었음을


천지간에 가득 차 오른 빛을

가슴속 가득 들인 영해(寧海) 관어대의 아침이여
살아 있는 존재의 희열처럼
가끔은 그렇게 물어야지
그 아침 너는 어디에 있었느냐고

—

'하늘에서 막연히 떨어진 것'이 아니라 신앙의 바탕이 아니더라도 지금 우리가 존재하는 것은 시작이 있었고 가깝게도 멀게도 존재함의 근원이 있었던 거네요. 이번엔 영덕의 영해라는 곳에 도달했던 것이고, 해변에서 가까운 산에 관어대가 있다는 것도. 장자와 혜자가 나누었다는 물고기에 관한 이야기는 너무 마음에 와 닿아요. 무더운 여름날 물에서 노는 물고기들이 그토록 자유롭고 강 같은 평화가 넘치듯, 해와 달과 바다는 변하면서도 그대로인 듯, 하지만 거기에 머무는 것들은 유한하다는 성찰일까요.

# 오솔길

오솔길은 '오붓해서 솔깃해진다'는
줄임말인 것을, 길을 가다 보면 알게 된다

초록빛 나뭇잎들이 흔드는 바람 소리
짝을 부르거나 만나서 이야기하듯
달뜨거나 새들의 정겨운 지저귐
철따라 들꽃들이 피고 지는 길
사월이라면 붕어의 비늘 같은
산벚 꽃잎 지는 소리도
도마뱀이 친구 만나러 가며
작은 발로 마른 낙엽 밟는 소리도
청설모 씩씩대며 나뭇가지를 건너가는 소리도
오솔길에서는 오붓해서 솔깃해진다

혼자라면 혼자여서 좋고
둘이라면 다정해져서 좋은 길

나란히 길을 가면서
큰 소리로 말하거나
얼굴을 붉히는 이가 없다는 것은
오솔길에선 오붓해서 솔깃해지기 때문인 것을

나는 오늘도 오솔길을 간다

—

'오붓해서 솔깃해진다'는 신선한 발상인지 깨달음인지, 오솔길을 좋아한다는 건 참으로 소박한 위대함이랄 수 있을 것 같네요. 소박함과 위대함은 서로 대비되거나 배척하는 것이기도 하지만 이런 상황이라면 서로 조화를 이루는 듯도.
오솔길에서는 오붓해져야 하는데 음악을 크게 틀고 다니거나 큰 소리로 이야기하는, 잠시 비켜서지 못하거나, 고맙다는 말을 하지 못하는 이들에게 꼭 이 말을 전해 주어야 할 것 같네요. 실은 나도 오솔길을 좋아한답니다.

# 봄 지리산

매화가 섬진강을 건넜다는 기별을 받아들고
구례 문수골 초입 운조루에 들렀더니
돌담을 넘은 산수유 노란 꽃그늘 아래
햇살을 모으며 할머니 서넛 봄나물을 펼쳐놓았다
처녀 적부터 산수유 씨앗을 발라내며
삭은 어금니 때문일까
분화구처럼 깊어진 볼에서 따스한 미소를 피워내며
종그락에 담긴 애쑥이며 봄나물을 팔려 애쓰지도 않는 듯
오미리 마을의 자랑인 양 옛집을 가리키며
해설사보다 더 정감 있게 운조루의 내력을 전해주었다

'바닥난 쌀독에 끼니 걱정하는 이들을 염려하듯
밥 짓는 연기를 내보이지 않으려 굴뚝도 세우지 안 했대요
뒤꼍 한갓진 곳에는 타인 능해(他人能解)
누구든 열 수 있다는 뒤주를 두었으니
해방 후 그 승악한 난리 통에도
부자로 살았던 운조루의 후손들에겐 해코지가 읎었슈'

푸릇푸릇 보리싹 수북하게 오르는 들길을 지나

깊은 산 그림자 호수로 내려오는 문수골로 오르던 길

어머니의 너른 품에 안기듯 지리산에 들기보다는

목숨을 부지하기 위한 절박함으로 이 길에 들었던

이들의 초췌한 모습들이 돌아 내려오는 듯했다

여수·순천 등에서 쫓겨 백운산을 넘고 섬진강을 건너

이른 어둠이 내리는 이 골짜기로 숨어든 군상들이

꿈꾸던 세상은 어디에 있었을까

전쟁 통에도 쫓기듯 북으로 가지 못하고

지리산 이골 저 골에 숨어든 이들이

돌아가고 싶었던 대지는 또 어디였을까

문수골에서 만난 박 노인은 어린 시절의 기억을 더듬어

부모를 따라 산으로 갔던 동무며 마을 사람들의

모습을 회상하는 듯 전해주었던 이야기들

부모를 따라 깜깜한 산으로 들어갔던

하지만 유일하게 홀로 살아남아 산을 내려왔으니

천애 고아였더라도 양(良)부모를 만난 게

행운이었고 그녀는 후에

회중을 인도하는 사역을 감당하였다고 했다

토벌군과 빨치산으로 쫓고 쫓기던 남녀에게도

사랑은 피어났으나 그 결말은 차라리 비극이었다는

이야기는 가슴을 아리게 했고

전쟁 중 산으로 들어간 후 내려오지 않는
남편을 찾아 들어간 젊은 아내는
끝내 산사람이 되어 엄동의 바위굴에서
밤새 눈을 살갗에 문지르며 얼음이 배지 못하도록 하였다는
山 사람 십여 년이 넘도록 그녀가 기다리던
봄의 의미는 무엇이었을까

쉽게 속내를 드러내지 않듯 봄의 지리산은
더디게 산을 오르며 숱한 상처를 어루만지고
미처 전하지 못한 이야기들은 울먹거리듯
어두워지는 문수골을 오르는 내 마음일 뿐
달아오르는 봄의 지리산은 언제나 거기 있었다.

—

봄 지리산이라니, 계절마다 다른 지리산의 모습을 시인님의 시로
만날 수 있는 걸까요? 늘 봄은 남쪽에서 먼저 올라오는 것이니
마중을 나가듯 매화며 산수유꽃을 보러 간 거네요. 문수골을
오르면서는 목에 숨을 부지하기 위해 산으로 들어갔던, 저마다
구불거리는 삶의 모습들이 그 길을 따라가고 있는 듯도 해요.
어떤 상황이든 이제는 더 이상 산이 숨어드는 곳이 아니었으면
좋겠어요. 철 따라 꽃이 피면서 지고 반달곰이며 식구를 불려가
는 이야기들을 기다리듯.

# 지나간 것들

지나간 것들
지난 계절의 침묵은
멈추어 서로 어깨를 기대고
손도 잡아 보지 못한
겨울 강물처럼 흘러갔다

푸른 이끼에 춘설이 분분한데
물빛은 맑고 환해서
대지에 생기를 퍼트리고
간단(間斷)없이 흘러내리는
물소리는 청량하여 마음을 두드리는데

흐르는 건 물인 듯 세월이어서
나그네는 또 어디로 흘러가는지
세상은 여전히 소란스럽고
자연은 저토록 천진스러운데

—

마치 대단한 것처럼 지상에 온갖 건물을 쌓고 문명이라며 편리
함과 속도를 추구하기도 하지만 인간은 자연 속의 한 부분으
로 살아가죠. 봄이 오는 대지에 대해 천진스럽다고 표현한 대목
에서 봄기운이 돋아나는 듯하네요.

# 석화(石花)

바닷속[海]에는 어미가 있는 듯
숱한 생명들이 잉태되고 키워지는
태고로부터 생명의 창고였다
철 지난 겨울 바다 돌등성이마다
꽃은 또 흐드러지게 피었던가

하루에 두 번 젖을 물리듯 바다가 들락거리고
바람과 햇살, 달빛이며 별빛도 다녀가면
오래된 화석처럼 석화(石花)는 피어나던 것
어미를 기다리듯 파도 소리를 기다리며
하얗게 굳어 버린 껍질 속에 가둔다

눈으로 보려 하지 않는
입안으로 가두고야 마는 짭조름한 향기

철 지난 겨울 바다
다시 먼 여행을 떠나는
겨울 바다를 건져 본 석화의 향기


—

찬바람이 불면 기다리는 특별한 미각이 바로 굴이죠. 석화이기
도 하고요. 바다의 의미처럼 돌에서 피어나는 꽃이네요. 겨울이
기다려지는 것은 찬바람에 피어나는 석화가 있기 때문일까요.
한자는 형상을 나타내는 것처럼 정말 바닷속에는 어미가 있기라
도 한 듯, 차가운 물과 뻘밭에 많은 생명들이 잉태되어 살아가
네요.
햇빛과 달빛이 하늘에서 내리듯 밀물과 썰물이 들락거려야만 피
어나는 꽃, 그 바위꽃의 향기는 또 얼마나 향기로운지…. 인위
적인 양식이 없던 시절, 굴은 갯가의 바위에 붙어 피어나는 것이
었지요.
엄마가 아기에게 젖을 물리듯 하루에 두 번 밀물이 되고 썰물이
되어야 꽃이 피어난다는 것, 그렇듯 갯벌은 한 번도 끝남이 없었
던 영원한 생명의 창고였는데, 사람들은 물길을 막아 인간들의
영토를 만들어 갔던 것이었어요.
석화의 비릿하면서 짭조름한 향기를 음미해 보는 아침입니다.

# 회양목꽃

해맑은 연둣빛 웃음에
벌들의 날갯짓 소리
저마다 봄을 기다렸단 소리

풋풋한 향기에 이른 봄
찾아온 손님들
챙겨 갈 것도 준비한 듯
회양목에 꽃이 피었음을

화양연화(花樣年華)
오가는 이 보거나 말거나
봄빛처럼 달큰하고 아련한 것

—

'자세히 보아야 예쁘다'는 시구처럼 회양목꽃은 쉽게 눈에 띠지 않으니 일부러 보아야 하는 것 같더라고요. 화단의 경계를 이루기도 하고 구획을 이루기도 하는 관목인데, 이른 봄에 피는 꽃은 구별하기가 힘들지요. 하지만 그 향기는 맑고 순한 모습일 듯싶어요.

긴긴 겨울을 지낸 배고픈 벌들에게 뭔가 챙겨 줄 것도 준비한 모양이네요. 가지런하게 정리한 화단에서는 꽃을 보기가 어렵고 자연스럽게 자란 회양목에서 꽃을 피우기도 하니, 일부러 향기도 찾아보아야겠어요.

# 바라길에서

먼동까지 왔던 일행들은 왔던 길로 돌아가고
바라길 홀로 그 길에 들었던 날

바랄은 바다의 옛말이었던 듯
바라길은 학암포에서 신두리까지
등성이를 올라서면 파도 소리가 멀어지고
등성이를 내려가면 다시 파도 소리가 마중을 나오던 길

고만고만 곰솔 숲에도 솔 향 내민 바람이 가득하고
마주침이 없는 적막이 더없이 충만했다
철 지난 바다 철새 몇 마리 물가를 점벙거리고
바다는 먼 여행을 또다시 떠나는지
이른 봄빛에 은빛 윤슬이 다소곳 출렁거렸다

밀물썰물에 바람이 세운 신두리 모래언덕
홀로 사막을 가는 낙타처럼 마음이 설레던 길

—

동해에서 먼 서쪽이어서 먼동인가 했는데, 〈먼동〉이라는 TV 드라마를 촬영한 지역이기도 해서 지명처럼 정해졌다는 곳이네요.

'바랄'이 바다의 옛말이었다는 것도 새로운데, 해변으로 난 길에서 높지 않은 산등성이를 올라가면 파도 소리가 멀어지고 또 내려가면 다시 들린다는 말도 새롭네요.

오붓하게 해변 길을 걷는 그 모습, 너울거리는 해송 숲을 지나면 파도 소리가 마중을 나올 것 같은 그 길. 그런데 홀로 사막을 가는 낙타의 마음이라니, 좀 과장된 듯 신비한 마음이 다가서네요.

'윤슬'의 뜻을 찾아보니 물결이 반짝거리는 빛의 흔들림, 아니면 물결의 흔들림이라니, 그 한적한 길을 같이 가는 듯, 아니 같이 가고 싶네요.

썰물에 바람이 세운 모래언덕이면 신두리 해안 사구이겠군요. 한번 가 보고 싶은데 아직 가 보지는 못했어요.

# 3월이 오면

3월이 오면 계단을 한 칸 올라가듯
새 학년이 되거나 새 학교가 시작되었기에
이순(耳順)이 지났대도 여전히 그런 일이 생길 것만 같은 건

헌 교과서를 달력 종이로 싸매 올라가는 학년과 이름을 쓰고
교과서 수만큼이 아닌 두세 권만 장만했던 공책은
잡기장(雜記帳)이었지만 새 학년과 반 번호도 새롭게 적곤 했다
새끼염소를 팔아 맞춘 중학교 교복 기지는
엘리트였으나 그 의미는 몰랐던 듯
명찰의 핀이 자주 떨어져 교복은 본드 자국이 얼룩거렸다

온기를 머금었지만 메마른 봄바람에
퉁가리 바닥까지 내려간 고구마마저
고약한 냄새로 썩어 가며 허기는 쿨럭거리고
우물가 자배기에 담긴 군내 나는 싱건지의 아릿한 짠기가
길어지는 낮의 아지랑이처럼 피어올랐다

기대와 설렘으로 채웠던 그 시절 여백처럼
이제 새롭게 적어야 할 여백을 찾아
두리번거렸던 3월의 아침

—

그래서 3월은 새로움으로 시작해야 할 것 같은 기분이 생기는
걸까요? 수첩이라도 하나 챙겨 그곳에라도 이름을 적고 싶은
것도. 영어로도 'March', 가장 오래된 고대 로마 달력의 첫 번
째 달인 '마르티우스(Martius)'에서 유래되었다고 하네요.
새끼염소를 팔아 교복을 맞추었다는 이야기는 어딘가에서 본
듯한데, 자랑스럽게 생각하시나 봐요.
퉁가리는 수숫대나 호밀대로 둥글게 엮은 고구마 보관 장소를
말하는 것이지요. 3월이 되면 낮의 길이가 점점 길어지고 마른
봄바람은 불고 고구마 등 간식은 귀한 것이 되었을 테죠.
나도 어디 새롭게 시작할 게 무언가 한번 찾아보아야겠네요.

# 귀가 먼저 열리던 시절

입춘이 지난 지 보름이니
해가 노루 꼬리만큼은 길어졌을 텐데
아침 빛은 여전히 더디게 오고
소리가 먼저 문지방을 넘어서곤 했다

가마솥 소댕을 열고 물을 붓는 소리
나지막이 조분조분 도마에 동치미 써는 소리
아궁이 앞 솔가지를 분지르는 둔탁한 소리들은
대개 엄마가 내는 소리였다

밤새 뿌려 놓은 눈을 모으는 비질 소리
울타리 나뭇가지 눈을 흔들며 참새며 박새들의 지저귐
여물을 기다리는 외양간 누렁소의 워낭 소리 등

눈은 더디게 열리고 귀가 먼저 열리던
그런 시절이 있었던 거다

라디오 연속극에 바싹 녹아들며
상상의 나래를 펴던 소리에 빠져들던 시절
세월이 데려간 것들
귀를 먼저 열었던 갖가지 소리들이 아닌지

산사의 아침을 여는 비질 소리가
마음도 열어 주던 아침 바람 소리도 반가웠다

—

입춘쯤이 지나야 저녁이 점점 더디게 내려온다는 것을 알 수 있지요. 쌀쌀한 아침 기온, 얼굴을 내밀면 외풍의 시린 바람에 입김을 내뿜으며 일어나지 못하고 누워 있었다면 엄마가 부엌에서 내는 소리들을 들을 수 있었지요.

텔레비전 수상기가 일반적이지 않던 시절, 라디오는 더하고 빼는 것의 문제가 아닐 만큼 일상의 일부를 차지하고 있었다고 할까요. 이제 그런 소리를 들을 수 없다는 건, 세월이 데려간 걸까요?

# 여행자

나는 항상 어디론가
떠나야 하는 여행자 같았다


고흐가 그의 아우 테오에게 보낸 편지처럼
머물지 못하는 영혼은 고통스러울 듯
내 모습도 그와 다르지 않았을 터
그의 그림은 순간이었지만
보일 듯 미세한 격동과 격정을 숨겨 두었을까
봄도 고흐를 닮은 듯
기다림의 허기를 채우기 전에
떠나 버리곤 했다


청순한 매(梅) 향은 바람이 되고
긴 행렬을 이루는 벚꽃 길
갑작스럽게 전해진 기별처럼
진달래는 이내 울먹거리듯

아침 햇살에 침울해지고

연초록 잎들이 나풀거리는데
하늘을 향해 펼친 목련의 비련은
별리의 낙화로 봄을 여읜다
봄마다 이별이어도 다시 그리워질 것을

—

고흐가 그의 아우 테오에게 쓴 편지글 모음이 오랫동안 서점에
놓여 있는 것은, 세대를 건너 많은 사람이 그의 그림을 보고 그
의 편지를 읽기 때문이겠죠.
정착할 곳을 두리번거리듯, 하지만 머물지 못했던 영혼은 상처
투성이였을지도. 봄을 기다린 허기를 채울 틈도 잠시, 그리움의
그림자를 남기고 떠나가는 모습이 왠지 애처롭네요.

# 손 없는 날

역병을 멀리하기 위해서는 손을 잘 씻으라니
이전에 손 없는 날도 챙겨야 했다
내 몸에 딸린 일부인 손과는 다른
손은 귀신처럼 불순한 기운일 터
그러니 손이 없는 날을 잡아
이사를 하고 장을 담기기도 했던 거다

신문지로 도배한 흙벽의 방 안에서
익어 가던 메주의 쿰쿰한 냄새는 옷에도 배어
교실에도 퍼뜨려 동무들한테 미움을 받다가
절기상 우수쯤에야 장을 담갔으니 그제야 그쳤을까
음식 맛은 손맛 이전에 장맛이었으니
이제는 까맣게 잊혀 가듯 금기 사항도 요란했던 듯

사흘 전부터는 외출을 삼가고 입에 창호지도 붙이고
숯이나 고추를 띄우고 장독에도 금줄을 둘렀다

장을 담근 후 삼칠일 동안 상갓집에 가지 않았고
해산한 여인, 달거리하는 여인도
장꽝 근처에는 얼씬거리게도 못했던 것

손을 잘 씻으라니
손 없던 날을 챙기던
그 어림없던 금기들이 돌아 나왔다
비상한 시절에는

—

'손 없는 날'에서 '손'이라는 게 나쁜 기운을 의미하는군요.
이사를 하거나 결혼을 할 때에도 그런 날들을 보듯이.
음식 맛은 장맛이라 했듯이 장맛은 중요했기에 그런 엄청난 금
기사항들이 있었던 거네요.
아이를 낳았을 때 외부인의 출입을 막았듯이 장독에 금줄을 둘
렀던 것은 기억하고 있는데, 코로나 19도 그에 버금가는 금기
사항을 처음부터 적용했더라면 하는.

# 종교란

종교란 무엇이지
종이 되겠다는 절대적 믿음을 갖는 건가
다는 아니지만 교주가 되겠다면 무언가 한두 가지
권능을 가진 체해야 했던 것
종과 교주는 같은 인간이되 땅과 하늘 차이였다

믿어야 죽어서도 다시 깨어난다고 꼬실 때마다
야 차라리 내 주먹을 믿으라던
대체로 무식했던 내 친구 영팔이가 생각나는 시절이다

—

목회자와 교주는 또 다른 문제인 것처럼 교주라 스스로 칭하는
것은 사회적 문제를 야기하기도 하지요. 특히 대구의 종교단체를
중심으로 코로나 19 역병의 상황이 나빠지면서 그랬던 것처럼.
정말 사내들 사이에선 그런 일이 있었을까요? 내 주먹을 믿으라
던 호기를 부르던 말들….
종교는 저마다의 문제인 듯싶네요.

# 먼동

어둠은 석양이 태워 버린 잿빛
그림자는 빛이 지나간 자리였다
기다림의 거리
먼동은 먼 동쪽 바다

짙은 어둠은
먼동이 가까이 와 있다는 기별이었고
어둠 속에서만 움트는 대지였다
잿빛 먼 산에서 먼동이 움트고
대지가 제자리로 돌아오는 길

남녘의 봄바람에 먼동이
대지를 두드려 깨우면
청명한 먼동에 새들의 지저귐
뭇 생명들은 수액을
길어 올리기 시작했다

저마다 존재하는 것들에

먼동은 누구에게나 새로운

하루의 시작을 전해 주는 선물

받아 드는 손길은 저마다 다른

먼동의 아침

아침은 언제나 위대한 듯해요. 아침은 살아 있는 자에게만 오는 것이니 말이에요.

'어둠은 석양이 태워 버린 잿빛이고 그림자는 빛이 지나간 자리'란 말을 한참 동안 음미해 보았습니다. 동쪽은 늘 해가 뜨는 곳이니 먼동은 먼 동쪽 하늘이려나요? 먼동이 대지를 두드려 깨워 일어나는 모습이 연상되네요.

어둠에서 여명이 오는 그 시간을 좋아해요. 세상이 깨어나는 시간, 빛이 가장 아름다울 때이지요. 새소리도 마찬가지이고요.

여명의 빛은 누구에게나 주어지는 것이지만 반응하는 것은 제각각이듯, 우리가 느끼는 것들은 다 다르겠지요. 새벽이 새로운 벽이기도 한 것처럼 누구나 맞는 상황에 따라서 다르다는 것을….

여명의 빛을 새롭게 맞는다는 것의 의미를 다시 생각해 보는 아침입니다.

# 보리밭

꽁꽁 언 대지는 말문을 삼키고
파릇한 보리순 쭈빗거리는 마을
가끔 소리 없이 포근한 햇솜처럼
함박눈이 다녀갔다
두툼한 겨울옷을 얻어 입은 송아지도
벙어리장갑으로 싸맨 가오리연을 매단 아이들도
보리밭을 내달리곤 했다

밟히며 더 강해졌다던
이 땅의 민초들도
한겨울 푸릇한 보리 싹과도 한통속이었으려니
꿰다 놓은 보릿자루처럼 서러웠다

새파랗게 추위를 녹여 내야
창끝처럼 보리 꽃이 피며
그 높고 험하던 보릿고개를 넘어가던 시절은

# 꿈을 꾸던 시절이었던 걸

—

어린 시절을 돌이켜 보면 그때는 지금보다 훨씬 더 많이 추웠던 것 같아요. 눈도 많이 내리고, 대지가 겨울잠을 자는 동안에도 보리며 밀은 파란 싹을 키웠지요. 그 당시에는 쌀과 함께 주곡이었으니까요.

어미 소는 물론 송아지에게도 볏짚으로 엮은 '덕석'이라는 겨울옷을 입혔었던 걸 기억해요. 그때는 축사에서 대량 사육이 아닌 집의 외양간에서 한두 마리씩 키우던 시절이었으니까요.

어린 싹이 자라던 보리밭은 겨울이면 서릿발이 올라 뿌리가 부실해진다는 이유로 보리밭을 일부러 밟아 주기도 했었는데, 우리 민중들의 고단했던 삶을 비유한 듯싶네요. 보리며 밀은 추운 겨울을 지나야 꽃이 핀다는 것도 말이죠.

# 굴뚝같았다

낮게 엎드린 초가집 굴뚝에 저녁밥 짓는 연기가 피어오르면
종종걸음 어머니의 고된 하루가 호롱불처럼 저물어 갔고
저물녘 귀갓길 동구에 들어서면 굴뚝 연기가
살가운 어머니 모습으로 손을 흔들 듯 먼저 마중을 나왔다
그러니 부초처럼 객지를 떠돌며
사는 게 힘들 때면 고향집 생각이 굴뚝같았다

부뚜막은 신성한 공간이며 어머니의 해방구
달그락거리며 가마솥에서 익어 가던 고구마
몸을 뒤집는 냄새가 달큰하게 피어올랐고
콩대를 태우는 날엔 뜨거워 튀어나온 콩 냄새가 고소했다
얼음판에서 한나절을 놀다 꽁꽁 언 몸에
귀를 막으며 사립문을 들어서면
굴뚝새가 먼저 굴뚝 옆 처마 사이 둥지로 숨어들었고
식구들이 다 모여앉아야 수저를 들 수 있었다
그러니 혼자 밥을 먹을 수밖에 없던 날엔

고향집 안방 옹기종기 개다리소반에
둘러앉고 싶다는 생각이 굴뚝같았다

모진 시집살이
어린 아들에게는 차마 풀어내지 못한 어머니의 넋두리도
구들장을 덥히고서야 연기로 피어올랐던 무심한 세월
어머니 그 부엌을 떠나고 굴뚝이 무너져 내린 마을
돌아갈 수 없는 시절처럼
더 이상 연기가 오르지 않는 마을의 저녁은 쓸쓸했다
어머니 동치미 써는 도마 소리에 맞춰
길에서 주워 온 이야기들 참새처럼 쫑알거렸던
그러니 굴뚝이 있던 집의 따뜻하고 정겨웠던
옛 고향집 부엌의 저녁나절 생각이 굴뚝같았다

—

명절 때가 되면 고향에 가고 싶은 마음이 '굴뚝같다'라고 말하지요. 그러면 왜 '굴뚝'이 나왔을까 하고 새삼스럽게 생각해 보았습니다.

어른이 되어 보니 어린 시절 굴뚝은 어머니의 상징과도 같은 것이었어요. 저녁나절 어머니는 들일을 마치고 부엌에서 아궁이에 불을 지펴 밥을 하셨으니. 굴뚝 연기는 궁핍했던 시절 밥으로 이어 주는 매개체였으니까요. 그런 의미에서 굴뚝의 연기를 그리 표현하지 않았을까 생각돼요.

그런데 검색해 보니 다른 자료도 있더라고요. 역시 옛날에는 먹거리가 적어 배를 곯는 경우가 다반사였으니 어쩌다가 떡 먹을 기회가 있을 때 꿀을 묻혀 먹으면 얼마나 맛이 좋은지! 그런 기대감으로 '꿀떡같다'가 '굴뚝같다'로 파생되었다고도 하더라고요.

예로 든 두 가지 경우 모두 우리의 가난했던 시절과 연관이 있는 거네요. 이제 굴뚝이 있는 집은 대부분 사라졌으니, 아궁이에 불을 때고 밥을 지어 기다리는 어머니도 계시지 않을 테고요.

# 돌아서야 할 길

빗소리에 잠이 깨었는지
깨어 있다가 빗소리를 들었던지
개울을 따라 흐르는 길을 내려오다가
늘 건너던 징검다리쯤 다다랐을 때
장맛비처럼 거센 빗줄기에 물이 불어
건널 수 없었던 징검다리
망설이다가 망설이다가 뒤돌아가야 했던 길

살아온 날에도 그런 날들이 있었을까 하면서도
오늘처럼 뒤돌아가야 할 일도 있었고
앞으로도 그런 있을 거라는
마음이 급해진다고
징검다리가 솟아올라 이어지지 않을 것이기에
수런거리는 마음을 잘 다스려야 하거늘

—

겨울비는 아무런 느낌을 주지 못하듯, 눈이나 왔으면 좋겠다 하는 안타까움으로만 채워지는데, 봄비는 다르지요. 잠자던 대지를 깨우듯 맑고 깨끗한 기운이 돋아나듯 해요. 기후변화로 특히 강수량에 많은 변화가 있는 듯, 봄에도 한여름처럼 많은 비가 내리는 경우가 많은 것 같네요.

길을 가다가도 어떤 일을 하다가도 돌아서 제자리로 돌아오거나 다시 해야 하는 일들이 있겠지요. 그런 상황이 되면 대부분 망설이거나 무모한 도전을 실행하는 경우가 있으니, 그런 상황을 막기 위해서는 빨리 돌아서는 것이 현명한 거라는. 그런 상황에서 미련은 미련한 미련일 뿐이겠지요.

지난밤에 온 많은 비로 개울의 징검다리가 잠기는 바람에 다시 왔던 길을 가는 게 아쉽지만 어쩔 수 없겠지요. 포기는 때로 빠를수록 좋은 것이기도 하니까요.

# 당신의 봄날

나른한 봄볕에 더 메말라진 살림살이
엄마는 푸릇한 언덕과 빈 밭을 더듬어
쑥을 뜯고 냉이를 캐 모으며 장날을 기다렸다
한번은 때웠지만 고무신도 새로 사 줘야 하고
새 학기 잡기장도 크레파스도
대바구니 가득 채워진 쑥과 냉이로
바꾸어야 했던 시절이었던 거다

가 버린 세월처럼 늙은 매화나무에
이른 꽃은 또 피어서
꽃구경을 나온 건지
푸릇푸릇 새순들을 만지고 싶었던 건지
성근 꽃그늘 애쑥을 뜯는 여인
늙은 엄마는 이 봄에도 또 쑥을 뜯으려나
가파르게 넘던 당신의 봄날을 돌아다보듯

—

봄바람이 불고 언덕에 애쑥이 돋기 시작하면 엄마와 함께 쑥을 뜯으러 간 적은 있지만 쑥과 냉이를 모아 시장에 가는 엄마는 보지 못했는데….

긴 겨울은 추위에 움츠리긴 했어도 한가롭게 지나던 시절이었던 듯. 입춘이 지나면서 햇살에 온기가 스미기 시작하면 양지쪽에 쑥이 새순을 올리고 지난가을 배추를 거둔 밭에는 냉이가 겨울을 지나 자라기도 했지요.

엄마는 시장에 내가기 위해 나물을 캐고 뜯지는 않았지만, 봄 마중을 나가듯 양지바른 언덕에 가시곤 했어요. 나도 엄마를 따라나섰던 그 시절이 아른거리네요. 어린 시절 형편에 관계없이 가졌던 정서의 소중함을 다시금 생각하게 되네요.

그 고단했을 엄마의 모습도 건너다보며 이제 돌아가시고 계시지 않은 엄마를 그려 보는 아침입니다.

# 봄의 활력

앞산의 딱따구리는 없는 구멍도 뚫는데
우리 집 멍텅구리는 뚫린 구멍도 못 찾네

섬 아낙의 질박한 투정이 해학으로
잡히는 진도아리랑의 한 자락
봄 숲의 이른 아침, 딱따구리 부리는
숲을 울리는 경쾌한 음향을 만들어 내고
짝을 부르는 산새들은 한결 투명해진
목청으로 노래를 부르는 듯

초입에는 산수유가 숲으로는 생강나무꽃이
창호지문에서 번져 가는 등잔불처럼 피어나는데
남녘에 사는 친구가 사량도 지리산에 갔었다며
진달래꽃 사진을 보내온 게 엊그젠데
집 앞 우면산에도 진달래꽃이 울긋불긋
웅크리고 겨울을 난 나무들은 이른 아침부터

수액을 끌어올려 잎을 피워 내고
꽃술을 부풀려 가는데

고향의 어린 시절
이른 아침 푸릇한 들녘을 지나다 보면
지난겨울 농부가 쳐다 낸 두엄더미에서
모락모락 김을 피워 올리고

일찍 잠을 깬 개구리들이
저음으로 짝을 부르고 까치들은 분주하게
미루나무에 새 보금자리를 만들어 가던
이제는 가실가실한 봄날의 모습들이 그리워지는 거다

―

『길 위에서 만난 사람들』 중에 진도 이야기가 나왔었지요. 왜구의 침입과 전란으로 사내들이 귀한 존재가 되고 아녀자들이 생존이나 생활의 전방에 포진하게 되면서 사내들을 폄하하듯 진도아리랑 속에 은근 그 한스러운 해학이 담겨 있는 거네요.

진달래꽃 피는 봄은 참 아득한 듯, 봄날 아침 들길을 가다 보면 두엄더비에서 피어오르던 따뜻한 봄의 질감, 이제는 돌아갈 수 없는 풍경처럼.

# 화엄사 구층암

산으로 들어가는 경계처럼 화엄사가 있고
각황전 앞 돌계단을 오르고
시누대길 모탱이를 돌아서면
구층암에는 구층이 아닌
듬성하게 올린 삼층석탑 소박한데
석탑을 돌아 뒷마당으로 가면
가부좌를 틀고 앉은 고승처럼
모과나무 기둥이 서 있는 자리

마당가 삼천불전 앞
젊은 모과나무 한 그루와 서로 마주 보니
생(生)과 사(死)가 한자리로 서 있는 듯
밑동은 주춧돌에 뿌리를 내리고
윗동은 서까래에 가지를 뻗어
지붕을 이고 마루를 내어 주었으니
육신은 죽었으되 정신은 살아 있는 듯

도를 이루는 것이
본성을 잘 살피는 것일런가
소란한 세상 벗어나니
산이 또 거기 있는 것을

—

지리산은 익숙하지 않지만 자주 전해 주는 이야기로 친숙해졌답
니다. 구례에 도착하면 지리산에 접근하는 게 화엄사 쪽이라는
것도.
늘 바쁜 듯 노고단으로 가시는 것 같더니 오늘은 잠시 구층암
에 머무르신 듯. 개심사에 가면 나무의 구부러짐을 그대로 세
운 기둥을 보았던 기억이 있는데 구층암에는 모과나무를 그대
로 세웠군요.
『놀부전』에 나오는 화초장도 모과나무로 만든 거라는데, 나
도 그곳에 가서 죽어서도 죽지 않고 서 있는 모과나무를 보아
야겠네요. 도를 이루는 것이 본성을 잘 살피는 거라는, 화두같
이 음미하면서요.

# 봄바람

봄 봄 봄 봄

겨울에서 봄으로 가는 징검다리처럼
2월은 입춘이며 우수 절기를 건너
달력에 빨갛게 표시된 삼일절이나 기다렸을 테니
봄바람은 심통을 부리고 싶었을 거다

온기를 품었지만 메마른 봄바람은
손등에 쩍쩍 금을 그어 놓았고
고구마 통가리에도 오곤 했기에
천장이 닿도록 가득 찼던 고구마
바닥을 드러내고 고약한 냄새를 풍기며 썩어 가던 봄날

봄빛이 짙어지며
저녁은 더디게 오고 허기는 깊어졌던 것
돌담불을 헤쳐 싱아순을 찾아내고
개울가 돌을 뒤집어 가재를 건져 냈다
사랑방 한구석 황토 흙이 담긴

자배기에 종자고구마를 세워 두시고
엄마는 일석점호처럼 번호를 불렀지만
몰래 내 배 속에 들어간 종자고구마는
대답을 하지 않았다

유년의 봄은 그렇듯 속을 끓이며 오고 갔던 것
풋사랑 같은 짝사랑처럼

—

한겨울에는 손등이 잘 터지지 않았지만 이른 봄이면 손등이 쩍
쩍 금이 가듯 갈라졌던 것 같아요.
겨우내 먹을거리였던 고구마는 사랑방에 수숫대 등으로 둘러
보관하였었는데, 입춘쯤이 지나면 바닥을 드러냈던 것 같아요.
조금 더 지나면 썩어 가기도 하고.
요즘에는 집집마다 고구마순을 기르지는 않고 전문적으로 재
배하는 곳에서 사 오는 것 같더라고요. 3월이면 낮의 길이가 길
어지고 간식거리도 없어서 수를 셈해 놓은 종자고구마까지 손
을 대기도 했을 거예요.
어쩜 봄은 그렇게 애달프게 오고 갔을 거예요. 봄이 그렇게 오
고 갔다는 게 아득하네요.

# 봄비

정인(情人)의 속삭임처럼
밤의 빗소리가 정겨웠던 밤
몸살을 앓듯 산밭에 심은 어린 모종을
염려했던 마음은 산밭가를 서성거렸을까

빗소리를 안으로 들이려 창문을 열었더니
하얀 찔레꽃 구름처럼 피어나고
올해는 처음 만나는 듯 반가운 꾀꼬리 노랫소리
아직은 경쾌한 소리가 아니었던 건
남지나해 먼 바다와 산맥을 건너온
긴 여정의 고단함일 터

이 땅에 오고 가는 철새들
더러는 아둔한 자에게 '새대가리' 하지만
망망한 바닷길에서 어떻게 길을 찾는가 했더니
철새들에겐 방향을 잡는 고성능의

내비게이션 같은 것이 장착되어 있다더라도
신비로움에 반가움이 가득한데
아직 뻐꾸기는 오지 않았던지
뻐꾸기의 귀향도 기다리며 산밭으로 가는 길
어린 모종들이 환하게 젖는 모습도

—

긴 겨울잠을 자던 대지를 두드려 깨우듯 봄비는 특별한 감흥을
불러다주기도 하지요. 정인의 속삭임이라니 참 정겹네요.
모종을 심고 처음이야 물을 주기도 하겠지만 날마다 줄 수는
없을 테니 비를 기다리고, 마치 간절히 비를 기다리는 어린 모종
처럼 반가운 마음이겠지요.
뻐꾸기나 꾀꼬리는 철새로 여름을 지나고 가는 거네요. 환하게
젖는다는 말이 새롭게 다가오는군요.

# 생강나무꽃

"나의 몸뚱이도 겹쳐서 쓰러지며
한창 피어 퍼드러진 노란
동백꽃 속으로 푹 파묻혀 버렸다.
알싸한, 그리고 향긋한 그 냄새에
나는 땅이 꺼지는 듯이 온 정신이
고만 아찔하였다." (김유정, 『동백꽃』 중에서)


정신이 고만 아찔하도록 알싸한
그 향긋한 그 냄새는
동백꽃 향기보다는
처녀티가 나기 시작한 점순이 때문이었을까


앞산에는 생강나무꽃이 한창인데
청초하면서도 요염한 새색시같이,
노란 봄빛이 수줍게 터지듯
연둣빛이 성기는 생강나무꽃

그 생강나무꽃 피는 이른 봄을 나는 좋아한다

정선아리랑이 돌아가는 한 구비
아우라지 뱃사공아 배 좀 건네주게
싸리골 올동백이 다 떨어진다
떨어진 동백은 낙엽에나 쌓이지
사시사철 임 그리워 나는 못 살겠네

그러니 강원도의 동백꽃은 생강나무꽃
봄이 기다리는 숲으로 난 길에서
제일 먼저 피어나는 꽃

—

이른 봄에 봄소식을 전해 주듯 남녘에서 먼저 피는 꽃이 매화예요. 이제는 중부 이북 지방에서도 쉽게 볼 수 있는 꽃이지만 내가 어릴 적 지구 온난화라는 말이 없을 때에는 아예 볼 수가 없던 것은 물론, 존재조차 모르던 꽃이었지요.

언젠가 매실즙을 우려낸 술이 나오기 시작했고 통상 매실엑기스라는, 우리말로는 농축액이 맞는데, 청매실에서 우려낸 음료가 유행을 타면서 많이 알려졌을 거예요. 지구온난화의 영향인지 그즈음부터 중부 이북 지방에서도 매화나무가 그 존재감을 드러내기 시작했고요.

산수유나무도 일부 지역을 제외하고는 흔치 않은 나무였지요. 구례 산동이나 양평 개군면의 산수유군락지처럼 인공으로 식재하여 서식지가 조성된 곳이 있고, 도심에서 보는 산수유는 조경용으로 식재된 것들이겠네요.

산수유와 비슷하나 숲에서만 사는 이른 봄꽃으로는 생강나무 꽃이 있지요. 김유정의 단편소설 『동백꽃』이 생강나무 꽃이었던 듯싶네요.

# 강둑길에서

떠도는 풍문이 길거리를 배회하듯
휘청거리는 세상살이 그까짓 거 한 번쯤은
멀찌감치 밀쳐 두고 강둑길을 걸어 보자

새싹처럼 피어나는 아지랑이 두 손에 펼쳐 들고
살랑거리는 바람결은 어깨에도 걸쳐 두고
반짝이는 봄 햇살에 부푸는 물결일랑 가슴에나 담아 두자

연둣빛 버들가지 물결처럼 찰랑대고
민들레꽃 제비꽃잎 햇살 가득 펼쳐 들면
가슴속 새겨 놓듯 그리운 이름들도 강둑길에 그어 보자

세상일은 늘 시끄럽고 소란스러운 데다 이 봄은 꺼지지 않는 역병으로 말할 수 없이 혼란스러운 세상, 사람들이 모이지 않는 강가로 나간다면 좋은 것 같아요.

물줄기가 가느다란 개울물이든 넓은 강물이든 물을 따라 걷는 것은 영혼의 정화라고도 할까요. 강에는 철새들이 자맥질을 하고 강둑에는 새싹을 피워 올리는 풋 생명들, 물결이 일으키는 바람은 또 얼마나 달콤한지….

새싹을 밀어 올리는 봄바람에 살랑이는 아지랑이, 아직은 차가운 바람이지만 온기를 머금기 시작한 햇살을 어깨에 걸치고 찰랑거리는 물결을 가슴에도 들여 찰랑이도록 했으면 좋겠네요.

노란 민들레꽃도 보라색 제비꽃도 꽃잎들을 펼치듯이 부르고 싶은 그리운 이의 이름도 크게 불러 보아야겠어요.

# 복숭아꽃(桃花)


샘을 내듯 찬바람이 쿨럭거려도
낯설어 가까이 다가가서야 향기가 피어나듯
아직도 숨기고 싶은 마음처럼
이른 봄꽃들은 피어나는 거다
이제는 까맣게 잊은 듯

이제는 정말 잊었다고 둘러대었듯
달콤함보다는 쌉싸름한 첫사랑처럼
봄꽃들은 피고 싶었던 거다

몰래 숨어 돌려보다가
桃색잡지 한 귀퉁이를 찢어 내어
숨겨 두었던 시절이 있었다

4H활동을 하며 가난한 집 총각과
눈이 맞았던 동무의 누님이

그 그악스런 아버지 손에
머리채를 잡혀 끌려가던 날
동네 사람들은 그 누님에게 뜬금없이
桃화살이 끼었다며 수군거렸다
사랑도 복사꽃도 요새처럼
흔한 게 아니었던 시절이었다

무릉桃원은 어디에 있는 거지
桃원결의는 누구와였던가

무심히 밭둑성이 복숭아꽃 피면
시시한 사랑의 꽃도 피워 보지 못하고
봄눈에 질척거리던 차가운 길을
뽀얀 맨발로 끌려가던
그 누님의 슬픈 얼굴도 피어나
아린 마음이 술렁거리곤 했다

—

요즘엔 갖가지 원예종 꽃들이 철 따라 정원이며 화단에 얼굴을 내밀고 있지만, 먹고살기 어려웠던 예전에는 일부러 심은 꽃은 드문 것이었고 촘촘한 경작지의 틈새에서 자연스럽게 난 나무며 풀꽃들이었지요.

복숭아꽃도 마찬가지, 귀했다는 건 그만큼 강렬함의 기억을 가질 수도 있다는 것이었겠지요. 마른 봄바람이 지나던 봄의 길목, 우물가나 울타리에 연분홍 복숭아꽃이 피면 마음이 싱숭생숭해지는 느낌이 다르지 않았을 것 같네요.

요즘은 섹시함이 미덕처럼 치부되는 세상이지만 꽃이 귀했던 그 시절에는 그러한 것조차 금기시하는 치사함을 드러내곤 하였을 테죠. 그래서 사람을 해칠 기운이라는 '도화살'이라는 말을 만들었고, 흔히 '19금'으로 전해지는 도색을 비유하였을 테지요. 어린 시절 기억이었을까요? 요즘엔 생겨날 수 없을 '눈이 맞는다'는 이야기, 그리고 야만이었을 아비의 손…. 봄바람은 꽃샘처럼 아린 바람으로도 지나갔던 것이겠지요.

# 야생과 인생

야생이란 야한 생을 영위한다는 것
초목들은 시절을 쫓으니 스스로 그러하고
짐승들은 철 따라 스스로 옷을 갈아입고
철 따라 자연이 주는 것으로 배를 채우고
철 따라 머무는 곳이 거처인 거다

머리는 이해(利害)를 굴리는 것이 아닌
단순히 감각을 살피는 생존을 위한 도구일 뿐이고
사랑은 거래가 아닌 후대를 위한 치열한 선택일 뿐
내일은 무언가를 쌓아 두기 위한 날이 아니라
오늘로 만족하므로 야생인 거다

야생과 인생
겹쳐지는 부분은 무엇이고
다름은 또 무엇일까

—

존 레논의 〈Let it be〉를 흥얼거려 보는 아침, 문득 스스로 선택하듯 떠밀려간 마광수, 그도 생각해 보는 아침입니다. 그가 쓴 『나는 야한 여자가 좋다』라는 에세이도 뒤따라오네요. 잠시 그를 추모하며 오늘 아침엔 잠시 그의 책을 다시 꺼내 보았습니다.

그는 '야하다'는 말이 천박하다는 뜻으로 쓰이는 경우가 많지만, '野하다'로 생각하여 자주 거리낌 없이 사용한다고 말합니다. 솔직하게 스스로의 본능을 드러내는 사람, 자연의 본성을 거스르지 않는 사람, 자기 자신의 아름다움을 천진난만하게 원시적인 정열을 가지고 가꿔 가는 사람이 '야한 사람'이라고 말이죠.

치우친 듯, 그에 대한 나의 느낌이 나의 빈 공간을 드러내는 것인지는 모르지만 하여튼 그의 야함을 좋아하였더랍니다. 그저 편안한 사랑을 추구하는 세태, 사랑이라는 것도 저잣거리 거래처럼 된 세상에서 오늘로 만족하므로 야한 삶과 사랑에 대해서도 다시 생각해 보고 싶네요.

# 보아주어야 하는

호수에도 봄이 도착했네요, 했더니
그게 보여요?
호수를 보지 않고 내 얼굴을 보았다
호수의 얼굴이 발그스레
봄을 들인 모습 보이지 않으세요?

마른 잔디 속에 보이는 작은 풀꽃들
벌써 꽃이 피었어요
이름이 뭐여요
개불알꽃 아니 그 이름이 흉하다고
이제 봄까치꽃이어요

봄은 보아주는 계절이네요
이번엔 먼저 말했다
매화나무 끝 두 송이도
처음 봄꽃 들인 내 마음처럼

벙그러졌네요

벌써 봄은 와 있던가요
봄은요 오고가는 것이 아니어요
그냥 보아주는 것이지요

—

봄볕이 닿은 호수는 다른 모습일까요? 오늘은 가까이 있는 호수에 나가 보아야겠네요. 올겨울 살얼음이 지나간 호수 위를 봄볕이 깨웠겠지요.

아주 작은 하늘빛의 꽃잎, 무리 지어 피어 있을 때 더 아름다운 듯, 가던 길 멈추고 쪼그려 앉아 보아야 할 듯싶네요.

겨울은 가기 위해 오는 것이고 봄은 보아주는 계절이라는 말이 좋아요. 오늘도 내일도 열심히 보아주러 밖으로 나가야겠어요.

# 제비꽃 반지

마늘밭가 완두콩 성큼성큼
푸른 손을 펼쳐 가던 봄날이면
그 집 앞을 서성거리곤 했던
소쩍새 또박또박 봄밤을 건너듯
숱하게 구겨진 잔해들 속에
오롯이 새겨진 그리움의 연서는
라일락 잎처럼 쓰고, 살구꽃처럼 달콤했을 거다

두드리거나 그 이름 부르지도 못하고
돌담 아래 발돋움하며 서성거리던 날
보리밭을 건너가는 아지랑이에
고이 접혔던 그리움의 말들도
종달새 따라 날아가 버렸던
봄날의 아련함이여

돌담 아래 해마다 그 자리에 오던

보랏빛 제비꽃 작은 꽃잎을 따
그렁그렁 눈물이 맺히듯 풀꽃반지를 잡아매던
그런 봄날이 있었더라고

—

엄마는 텃밭에 꼭 완두콩을 심었지요. 완두콩들은 봄볕에 성큼성큼 손을 뻗어 가고 마늘잎도 자라났어요.
그 시절은 손에 든 전화기가 없었고 쉽게 만날 수도 없었으니 편지로 마음을 전해야 했죠.
그런데 라일락 잎이 정말 그렇게 쓴맛을 내는 건가요? 그렁그렁 눈물이 맺히듯 누구 손에 풀꽃반지를 잡아매 주었던 건가요?

# 봄이 숨겨 온 비밀

봄이 꼭꼭 숨겨 온 비밀을
봄비는 알고 있었다
계절이 제자리로 돌아오도록
기다린 지독한 짝사랑이었음을

지난가을 떠난 것들을 다시 만날 수 있으려나
한번 떠난 것들은 다시는 돌아온 적이 없지만
봄은 절망하지 않고 또 겨울을 건너 냈다

비를 내리면 손은 잡아 주겠지
봄은 이른 비를 데리고 왔지만
대지는 데면데면 내숭이었다
싹을 틔우고 입도 나기 전에 꽃을 피우고
또 지들끼리만 사랑할 태세인 거다

봄이 숨겨 온 비밀을

어제 내린 비는 알고 있었던 거다

—

해마다 느끼는 겨울의 질감이 다른 듯하지요. 나이를 더하면서 정서도 바뀌고 우리의 생활환경도 바뀌었으니 당연히 의식주도 바뀌고, 기후변화의 영향으로 봄이 이르게 온다는 생각을 하게 됩니다.

예나 지금이나 그 기준점은 입춘이지요. 봄에 내리는 비는 권능일 테지요. 봄과 비는 다른 듯 한패거리인 셈인 거고. 봄에 내리는 비가 없다면 봄은 얼마나 난처할까요?

봄비는 대지를 두드려 깨우고 대지와 사랑을 나누듯, 정말 그런 듯싶어요. 언 땅을 녹이듯 봄에 내리는 비는 나지막이 비밀을 품고 있는 듯, 대지를 변화시키지요. 마치 내리는 봄비가 변화의 주문을 걸고 있듯이.

# 여우불

단지 가야 할 곳이 없다는 이유로
무작정 상경(上京)이었다니
이래저래 서울은 만원(滿員)이었다
서울의 기차역마다 가출부녀자 상담소가
진을 치고 있던 시절

숭어리째 떨어진 동백꽃처럼
허기진 봄바람에 치댄 처자들
세 벌째 보리밭을 매던 호미를 내던지고
단봇짐을 꾸려 비둘기호
완행열차를 타고 야반도주였다

지옥에 살면서 천국을 생각했다던
난장이가 쏘아 올린 작은 공도
경아가 닿고자 했던 별들의 고향은 어디일거나
두리번거리던 시절이었다

가난했던 그 시절의 봄날
야만이었을까 낭만이었을까
번져 가던 불길은 보이지 않고
타 버린 검은 흔적만을 남기던
봄바람에 이는 불길은 여우불이었다

—

'내 자식은 나 같은 농사꾼은 만들지 않겠다'는, 밥그릇을 줄이거나 밥을 벌기 위한 것이기도 했지만 그래도 대의적 명분이나 목적은 자녀들의 교육이 아니었을까요? 선대로부터 내려온 농부의 길을 버리고 숱한 농촌 사람들이 도시로 도시로 흘러들기 시작했던 건. 『서울은 만원이다』라는 소설 제목처럼.

서울엔 산자락까지 판자촌이 들어서기 시작했고, 고달픈 타향살이의 설움도 체감하게 되었을 거예요. 남성에게 위안을 베풀고 사랑을 갈구하다 결국 버림받음으로써 타락하게 되는 한 여성의 모습. 주인공이 닿은 곳은 별이었을까요? 아니면 단순히 무덤이었을까요?

가야 할 곳이 없다는 이유로 '무작정'이었다는 말이 새삼스레 아프게 와 닿습니다. 산업화 시대에 구로공단 등의 공단 지역에는 기숙사와 벌방이라는, 생존을 위한 최소한의 공간이 있었겠지요.

여공들이 사는 기숙사와 기숙사가 없는 회사에 다니는 노동자들은 벌방에 살아야 했다는 건, 내가 체험한 사실이 아니기에 말하는 것이 조심스럽지만, '난장이가 쏘아 올린 작은 공'도, '여우불'이라는 말도 아프게만 다가오는 아침입니다.

# 소태맛

느릿느릿하지만 하루가 다르게
연두색 봄빛이 번져 가는 계절,
이른 아침 봄이 오는 숲에서 맞는 아침은
딱따구리처럼 경쾌하거나
새로 피어나는 들꽃들처럼 늘 새로운 것

먼저 봄을 알렸던 연분홍 진달래는 울듯 말듯 시들어 가지만
연두색 새순이 돋아나는 모습이 더 정답기도 한데
숲에서 제일 먼저 잎을 피운
귀룽나무는 벌써 꽃을 피우기 시작했고
울 너머로도 길가에도 보라색 라일락도 피어나기 시작했다

라일락은 아랍에서 기원한 물 건너온 이름이고
이 땅의 본디 이름은 수수꽃다리
꽃잎이 활짝 열리기 전에 수수알갱이 모습 때문이었으려나
불어로는 '리라',

가수 현인이 부른 〈베사메무쵸〉 번안곡 가사에도 등장하는데

라일락 아니 수숫꽃다리가 피면 생각나는 사람
이 봄날만큼이나 화려했던 시절이었으려나,
당시 라일락이라는 상표의 약간 느끼한 향의 껌도 있었는데
이맘때쯤 어느 날 생각나는 사람,
라일락 잎을 하나 따 건네주었던 그녀
"이 라일락 잎을 딱 한번 깊게 씹으면 그 껌 향기가 나"

진지한 그녀 모습에 잎을 건네받은 나는
딱 한번 씹어 보았던 것, 아니 다 씹기도 전에
입안, 아니 온몸으로 쓰디쓴 기운이 퍼져 나갔고
온몸을 비틀어도 물로 입안을 여러 번 헹구어 내도
한번 배어든 소태처럼 쓴맛은 그대로   남아 있었던 것

목젖이 훤히 보이도록 한껏 웃어젖히던
엔도르핀이 넘쳐나는 듯
그녀의 통쾌한 모습에 쓴맛을 감추며
웃어 주는 여유도 보여 주었었던,
그 멀대같던 봄날도 피어났는데
그녀는 그렇게 쓴맛을 전해 주고는
꽃도 지기 전에 떠나갔더라고

—

소태라는 나무가 있는지도 잘 모르겠는데, 어렴풋하게 음식을 먹을 때 너무 짜거나 쓴맛이 나면 "야, 이거 완전히 소태맛이네!" 하던 말이 생각날 뿐. 아마 옛사람들은 쓴맛의 대명사같이 생각했었던 것 같습니다.

내가 자라던 시절에는 대부분 모유를 먹었으니 동생을 보고서도 어미젖을 탐하거나 요즘 같으면 유치원 다닐 나이가 된 아이들도 그런 경우가 흔히 있었던 것 같습니다.

그때 소태나무즙을 발라 두면 죽자 살자 달려들던 아이도 그 쓴맛에는 포기할 수밖에 없었다는 이야기도 기억납니다. 검색해 보니 소태나무는 항균소염 작용을 하며 위장에도 좋은 효능이 있다고 하네요.

향기로운 라일락, 아니 수수꽃다리 잎도 그렇게나 쓴맛을 지녔을 거라고는 상상도 못하고 그 느끼한 껌 향기만 기대했던, 늦었지만 나에게도 그런 추억을 기대해 봅니다.

# 수선화

나직한 바람결 나뭇잎 흔들고 지날 뿐

아무도 오지 않는 숲속 작은 옹달샘

두 손을 짚고 머리 숙여 한 모금 물을 삼켰던 소년

솟아나는 물결에 흔들리는 얼굴을 본다

반할 수 없는 까만 얼굴

두 손으로 물결을 흩트렸던 날이 있었다


도취와 소멸이 생의 한 자락이라면

어이없는 상실인가 향기로운 개화이려나

기다리던 자리 수선화가 피는 뜨락

비루한 도취로 소멸하지 못하는 자들의

존재가 도무지 부질없음을

—

산토끼가 세수하러 왔다가 물만 먹고 간다는 깊은 산속에 있는 옹달샘일까요?

혼자 그런 곳에 가 본 적이 없어 그 풍경이 잘 그려지지는 않지만, 수선화가 피는 계절에 그 전설을 떠올린 거네요. 수선화의 전설은 자신에게 반하지 못하는 우리들의 갈망일지도 모른다는 생각을 했어요.

쓰신 책에서 본 것 같아요. 『소나기』의 이야기 속 소년이 개울물 속에 비친 자신의 까만 얼굴을 보며 싫었다는 표현이 마치 본인의 마음속을 들킨 것처럼 그랬다고. 아마 이야기를 지은 그분도 그랬을지 모르겠어요.

미소년이 연못 속에 비친 자신의 모습을 보고 반해 빠졌다는, 결국 도취와 소멸, 생과 사가 한자리에 있었던 듯, 그 상징처럼 피어난 꽃 수선화. 세상에는 자신만의 소의를 도모하다가 소멸하지도 못하는 자들을 경계하기 위함인지도.

하지만 자신의 까만 속마음은 감춘 채 떳떳한 듯 요설을 감추지 않는 자들이 밉기만 한데, 가녀린 듯 봄을 피우는 수선화는 참 아름답지요.

# 민들레꽃

갈황색 작은 봉투 3월분 육성회비
빈칸에 뽈도장이 찍히지 않았다고
집으로 돌아가던 길
동무들 보는데 교단에 불려 나가
맞은 손바닥도 와락거렸지만
아린 맘은 송충이에 쏘인 목덜미처럼
붉으락 부풀어 따끔거렸다

서낭당고개를 내려가던 길
엄마는 아지랑이 보리밭에서
멈춘 듯 긴 밭고랑을 오르내리고
집은 텅 비어 돌아서던 길
해마다 그 자리 돌담 담벼락 척박한 한 귀퉁이
한 그루 노란 민들레꽃 피어 있었다

"울지 마야"

민들레꽃 봄마다 그 자리로 돌아와서는
아린 맘을 달래듯 웃고 있었다

—

다들 어렵게 살았던 시절이니 그러려니 하지만, 가슴 아픈 그 시
절의 이야기네요.

그때는 한 반의 인원이 60명 정도, 혼자는 아니었겠지만 많은
동무들 앞에서 자신의 누추한 형편을 내보인다는 것이 창피했
겠지요. 집에 와 봐야 챙겨 줄 누가 있는 것도 아닌데. 지금처럼
개인의 인격을 존중해 주던 시절이 아니었으니까요.

한번인가, 송충이를 잡으러 갔다가 송충이에 쏘인 적이 있었는
데 그 불쾌감은 뭐라고 해야 하나….

보리밭을 매는 엄마에게 그 사정을 이야기도 못하고 다시 학교
로 돌아가는 저린 마음을 어찌 알 수 있으려나요. 그래도 해마
다 그 자리에 와서 피는 듯 민들레꽃이 소년의 마음을 달래 주
었을 듯싶네요.

# 목련화

고고한 척 한껏 하늘을 향한 순백의 만만한 자의식은
지난겨울 벼르고 벼른 열망 때문이었을까
하늘을 향해 봉우리를 피워 올리는 새하얀 고백
겨우내 찬바람이 머물다가도 이날을 별렀을 거다

추썩거리는 봄바람에 추레하게 져 버릴지라도
결코 숙이지 않는 꽃잎
내게서도 별렀던 그 무엇이 있었을까

눈부신 햇살 펼친 꽃잎을 보지 못하듯
내게서 벼르고 벼른 그 열망을 더듬거리는
나른한 봄날의 오후

목련꽃은 잎이 나기 전에 피는 다른 봄꽃들보다 순백색의 큰 꽃잎으로 우아함과 고고함이 스며 있지요. 특히 하늘을 향한 도도함으로도, 가곡으로도 불린 〈목련꽃 그늘 아래〉로 더 많이 그랬던 듯싶네요.

이른 봄에 피는 것은 백목련꽃, 자목련꽃도 있지만 봄이 더 지나야 피고 나무의 수형이 하늘로만 오르지 않으니 꽃의 모습을 볼 수도 있지요.

화사한 백목련꽃이 피면 박목월 님의 「사월의 노래」가 떠오릅니다. "목련꽃 그늘 아래서 베르테르의 편질 읽노라 / 구름꽃 피는 언덕에서 피리를 부노라 / 아 멀리 떠나와 이름 없는 항구에서 배를 타노라"

목련꽃이 필 적마다 꽃샘바람이 오기도 해서 찬바람에 멍이 들듯 떨어지는 꽃잎들이 지저분하다는 생각을 하기도 하는데요.

누군가 예외라고 할 수 없듯 무언가 꼭 하고 싶었던 저마다의 열망이 있었겠지요. 비록 목련꽃처럼 지고 말지라도 내 안에 숨은 열망은 과연 무엇일까요?

# 조팝나무꽃

봄바람에 햇살 가득 한나절 머물다 가는
아무도 오지 않는 산밭가에
좁쌀조차 봄볕에 부풀어 오르듯
뽀얀 꽃무더기 물결처럼 찰랑거리는 조팝나무꽃

먼 기다림에 지친 듯 꽃들은 다투어 피고 지더니
봄은 이내 떠날 듯 연초록 잎 나풀거리는데
봄바람에도 싱숭생숭 설겅거리던 애틋했던 연정은
말 한마디 건네지 못했기에
바람처럼 흔적도 없이 달아난 세월인데
조팝나무 꽃무더기 나풀거리면
덧난 상처처럼 욱신거린다

아무도 오지 않는 산밭가에 조팝나무 피었다 가는

바람이 되던 날들을 알아채지도 못했듯
애틋했던 연정도 그 자리에 머문 듯

—

잎보다 먼저 꽃이 피어나는 진달래꽃, 살구꽃, 매화가 바람이 되면 피어나는 산밭가에 피어나는 꽃, 조팝꽃은 뽀얀 쌀밥처럼 마음을 넉넉하게 해 줍니다.

이제는 조경용으로 흔하게 심어 놓은 꽃이니 특별한 감흥이 생겨나지는 않겠지요. 이웃에 살던 사내애들도 나에게 말 한마디를 제대로 붙여 보지 못하고 눈치만 살폈던 것처럼 지나쳤으니 아쉬움도 있었겠지요.

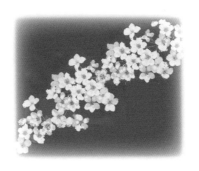

# 산당화

꽃잎을 펼쳤던 건 떠나가야 할
계절의 바람 때문이었을 거다
분칠한 새색시처럼 뽀얀 매화 향기는 바람이 되고
도도함으로 하늘을 향해 추켜올렸던 목련화
가볍게 바람이 되지 못하고 추레한 흔적을 남긴다

잎을 펼쳐 초록의 더미 사이로
꽃잎을 피웠던 건
봄볕을 기다린 시간이었다
아직 사랑도 이별도 모르는 것
립스틱 짙게 바르듯 명자 아가씨
봄볕에 치대는 울렁거리는 가슴

차분히 봄볕을 기다렸던 산당화

봄바람에도 들뜨지 않았기에
초록 더미 사이 붉어진 뺨을
다소곳 내보인다

—

꽃을 먼저 피우는 이른 봄꽃들이 피고 지기를 기다려 산당화는
짙은 초록 잎 안으로 붉디붉은 꽃을 피워 냅니다. 마치 홍역에
라도 들면 온몸에 붉은 열꽃이 피던 시절처럼 붉기만 합니다.
일명 '명자꽃'이라도 하던데 이웃에 살던, 봄바람에 야반도주했
던 명자 언니가 생각나기도 하지만 산당화는 봄볕에 달뜨지 않
았기에 잎을 먼저 피우고 꽃을 피웠을 테지요.
진한 푸른빛의 잎 사이로 피어나는 붉은 꽃잎은 보는 이로 하여
금 따뜻한 마음을 여미게 하는 듯합니다.

# 강둑에서

산에서 모이거나 들에서도 모인 작은 물줄기도
아래로 아래로만 흘러내려 강물이 모였듯이
손을 맞잡고 어깨를 맞대고 강물은 흘러야 하는 숙명
거슬러 오르거나 한눈으로 샛길을 더듬을 수도 없었다네
언제일지 바다를 만나는 것만은 예정된 우연이었던 것을

너를 만났던 것도 그랬던 것일까
하지만 아래로만 흐르는 물줄기와는 달랐으니
가끔은 거슬러 오르려 했고
샛길을 찾아 한눈도 팔았을 거다
어둔 밤길에 길을 더듬거나
두 갈래 길에서는 한곳을 정하는 데
소리도 요란했고 잡았던 손을 내려놓기도 했다

평탄한 강둑길을 같이 걸어도 시선은 멈칫거렸다
홀로 가는 길은 외로웠더라도…

—

코로나 바이러스를 피하기 위해 자의에 의해 자가 격리되었다가 탈출구처럼 강둑에 나가기 시작했을 때, 강의 시작과 끝을 생각하지는 않았습니다.

내 삶에서도 의도적인 만남이었지만 결국 물길처럼 흘러내린 만남이었고 결국엔 흐르는 길에 순응하지 못했던 만남을 생각했어요. 물은 아래로만 흘러 강을 이루지만, 우리들의 만남은 다르기도 하지요. 그가 가리키는 방향은 애매한 경우도 있었고, 내가 추구하고 실행하는 현실에서도 마찬가지였지요.

삶의 굴레처럼 늘 나의 미욱함은 생각하지 않고 내 앞에 있는 타인의 허물을 보려 했던 것, 그래도 같이 있으면 포근해지고 여유로워지는 그런 타인에 대한 바람은 피할 수가 없는 것 같네요.

# 얼레지꽃

꽃이 피었다가 여물어 바람에 떨어지면
그 바람이 다시 꽃을 피우기까지 칠 년의 세월
봄바람에 달아오르듯 산언덕을 넘었을 때
바람난 여인처럼 날아갈 듯
보라색 치마를 들춰 올린 듯 얼레지꽃무리
질투란 꽃말이 무색했다

7년만의 외출
지하철 환풍구의 바람에 날리는 화면 속
여배우의 육감적인 입술과 표정을 보려 하지만
한 줄기 가는 모가지로 올린 꽃대
눈물로 얼룩진 모습 잎에 적시고
사랑의 엘레지를 부르는 듯
강렬하게 드러나는 진한 꽃술

봄바람 산을 넘는데

바람난 여인을 만난 듯

차마 말도 붙이지 못하고

가슴에 인 봄바람을 다독이며

산을 내려가는 길

딱따구리 목탁을 두드리듯

미욱한 중생은 염불을 주억거렸다

—

꽃이 여물어 바람이 씨를 흔들어 떨어졌지만, 여느 꽃들처럼 다음 해 바로 꽃을 피우는 게 아니라 처음 잎이 하나 나고 또 하나 나고… 그렇게 7년이 되어서야 꽃을 피운다는 얼레지의 모습을 봅니다.

산중의 아무 곳이나 피지 않는 꽃이니 일부러 찾아가야 볼 수 있는 꽃, 꽃의 생김새를 보고 멈춘 그 시간의 봄볕이 따사롭습니다.

봄바람에 이는 생동의 기운은 누구에게나 나름의 바람을 들이게 되는 것 같습니다. 나 또한 그에게 한마디 말도 전하지 못하고 아쉽게 봄이 지나가는 듯합니다.

# 다리가 되어

짧은 거야 그렇다 치고
내 다리는 참 못생겼다
고비사막마라톤에서 1등도 했으니
그러려니 봐주려 해도
여전히 그게 쉽지 않은 거다

물길을 건너는 다리의 멋스러움을 보러
선암사로 갔던 길
꽃 우산을 받치고 잔칫집에 가는
늙은 할매처럼 피어난 돌담길 선암매도
눈물이 나면 그 절집 해우소에서
실컷 울라던 시인의 권유도
승선(昇仙)교를 건너기 전 다 잊고서는
신선이 하늘로 오르는 듯 그 뜻도 잊고서는
자연과 공력의 멋스러움이나 본다
못생긴 내 다리도 험한 세상에 다리가 되듯

누군가 필요로 하는 곳에 닿을 수 있다면
자연스러움에 저처럼 멋스러울 수 있으려나
화사한 봄볕이 스민 개울물 소리
목탁 소리처럼 맑게 번진다

—

선암사로 오르던 길에 일부러 건너보았던 승선교, 참 고졸(古
拙)스럽다고 해야 하나, 몇 번을 오르내리며 건너다보았던 싶습
니다. 기능적인 것에서만 벗어나 멋을 생각했다는 것이겠지요.
고비사막 마라톤대회에 갔다는 것도 대단한데 1등을 했다니 대
단한 다리인데 못생겼다는 표현을 했군요.
선암사 돌담 밖으로 서 있는 오래된 선암매를 아주 멋들어지게
표현하셨네요. 허리 굽은 할머니가 꽃 우산을 받치고 마을 잔칫
집에 나선 듯하다니요.
사이먼 앤 가펑클이 부른 노래도 듣고 싶어지는 아침이네요. 험
한 세상에 누군가의 다리가 되어 준다는 것, 그게 부담스럽다면
누군가에게 다가간다는 것도.

# 나무

청산(青山) 밑에 쌀이 나고
적산(赤山) 밑에 홍수 난다던
계몽성의 구호는 오래된 이야기니
기억하는 이가 드물다

붉은 산비탈 진달래꽃이나
울먹거리며 피던 시절
식목일로 나무를 심고
집게를 만들어 송충이를 잡고
풀씨를 모으기도 했던 봄날

사방공사 하루 품삯은
원조밀가루 한 포대
수제비로 배를 채우고
벌거벗은 붉은 산엔 메아리가
살 수 없다며 큰 소리로

노래를 불렀던 시절이었다

나무는 하늘에 닿는 사다리
하루를 달려도 나무 한 그루
만날 수 없었던 사막은
두렵고 외로웠다

세상은 시끄럽고 절망적이어도
이번 주말에는 고향 어디쯤
나무 한 그루라도 심으러 가야 할게다
비록 사과나무는 아니더라도

—

매년 4월 5일은 식목일로 공휴일, 학창 시절 학교 주변의 산으로 나무를 심으러 갔던 게 생각나네요. 우리가 지금 누리는 숲들이 당연한 것 같지만 국가적인 치수정책의 덕분이었다는 것을 생각해 봅니다.

언젠가 강원도 최북단 민통선 안 건봉사에 갔을 때 1900년대 초의 오래된 사진이 있었는데 절 주위의 산이 적산(赤山), 민둥산이었어요. 당시는 설악산 신흥사를 아래로 두었던 곳이었는데 상당한 충격이었습니다. 국가의 역량을 집중하여 식목과 강력한 보호를 통해 오늘날의 울창한 숲을 이루었지요.

올봄에는 나도 아파트 정원에 꽃나무 한 그루라도 심어야겠습니다.

# 불일(佛日)

불일(佛日)은
'부처의 자비가 모든 중생에게 빠짐없이
널리 미침'을 해에 비유하여 이르는 말
산을 넘고 불일암에도 다녀왔더라고

'무소유의 길'
'무소유'는 한때 '내 탓이요' 하는 말과 함께
많은 사람들이 따라 하던 말이기도 하였는데
가지지 않는다는 것보다는
불필요한 것을 가지지 않는다는
참 어려운 현실의 바람이자 경계이기도 한 듯

서걱이는 대숲길을 지나 그곳에 닿았을 때
그곳은 또 다른 경계의 울타리를 가지듯
佛日의 빛은 가려져 있는 듯
눈을 뜨고도 보지 못하는 청맹과니로

어리석은 중생처럼

하지만 돌아오는 내내 따라온

그 오솔길 하나 떨치지 못했던 길

—

선암사에서 송광사로 넘어가는 길, 꼭 한번 가 보고 싶은 길이지만 아직 가지는 못했습니다. 선암사와 송광사는 한길이 아닌 다른 길로 가 봤으니 같은 듯 다른 모습의 절입니다.

불일암에 이르는 한적한 길을 생각하면서 스님이 쓴 글의 이야기들이 돌아 나옵니다. 민주화운동에도 참여하다가 여럿이 사형 선고를 받는 상황에서 그 분노를 달래기 위해 그곳에 머무르며 그다음 해 『무소유』를 시작으로 샘물 같은 맑은 글을 퍼올렸겠지요. 그곳마저 번잡해지자 강원도의 산골로 떠나셨던 스님을 다시 생각했습니다.

법정스님의 책은 빼놓지 않고 읽은 듯합니다. 샘터에 게재하는 글을 통해서도 익숙했고요. 나중에는 강원도에 어느 산골에 기거하고 계셨다는, 불일암은 익숙한 곳이었습니다. 佛日의 의미를 새롭게 생각해 봅니다.

언제쯤의 계절이 좋을까? 시누대숲을 지나 불일 아래에 가는 작은 설렘을 저 앞에 던져 놓아 봅니다.

# 같이 가는 길

그 속을 알 수 없다는 게 정말 답답하다가도
어쩌다 엉큼한 내 속을 들여다보며 다행이다 싶기도 했다

마주 보고 앉으면 나는 옳고 정의로운데 내가 더 많이 주었는데
내 속의 얄삽한 거울에 그대의 얼룩진 속만 보일 뿐이니
목소리가 커지고 마음의 평온이 흔들리곤 했다

그러니 앞을 보면서 나란히 걷는 모습이 더 좋을 듯싶은 건
부부란 게 연인이란 게 그런 게 아니겠는가
곁에 있는 이가 무슨 생각을 품었든 너무 괘념치 말기를

가야 하는 방향을 같이 내다보고 가끔 돌아다보기도 하며
눈도 마주치고 가던 길을 갔으면 싶다
오래 묵어서 편한 친구처럼

—

마주 앉아 있으면 조금 불편할 때도 있긴 하죠. 시선을 맞추는
것도 그렇고. 자칫 나는 옳고 내가 너보다 더 많이 베풀고 주었
다고 항변하고 싶다는 생각도.

정말 그럴까요? 앞을 보면서 나란히 걷는다면 그런 허튼 욕심에
서 벗어날 수 있을까요? 그래요. 익숙하지는 않지만 그러면 더
좋을 것 같아요. 어깨도 두드려 주고 손도 한번 잡아 보고.

아무리 가까운 사이라도 상대방의 속을 알 수 없듯, 쓸데없이
그 속을 알려고 하지 않기를 바라야 하는데 늘 그게 쉽지도 않
더라고요. 내 진심을 내보이면 되는데, 그보다는 상대방의 속을
알려고 하는 데 신경을 쓰는 듯싶더라고요.

# 다시 사월의 강둑에서

사월의 강둑에서 바람이 시렵다

바람에 날아든 듯

유채꽃 한 무더기 하늘거리고

돌아갈 길을 잃은 듯

왜가리 한 마리와 오리들 여럿

바람이 등지고 서 있는데

강물이 내준 돌 위에 올라선

청거북의 반들거리는 등짝을 내려다보는 틈


기어이 가게 문을 닫고야 말았다는

친구의 전화가 강물처럼 출렁거렸다

허리춤까지 차오르는 강을 건너던 날이 있었다고

강에는 길이 없었으니

떠밀리듯 물결을 따라 내려가면 강이 깊어졌고

비스듬 거슬러 오르려니 몸이 뒤틀리며 허뚱거리더라고

맨발에 닿는 돌들은 미끈거렸으니

뭐에 깨물린 듯 발가락을 부딪치며
한 걸음 한 걸음을 내딛었으니
뒤돌아보며 마음도 흔들렸던 길이었더라고

삶은 그렇듯 가끔은
길이 없는 강을 건너기도 하는 게 아니더냐고
친구에게 전화를 해야 하나 그도 할 말이 아닌 듯
사월의 강바람 마음을 두드리듯 시렸다

—

사월의 강둑과 강물은 생명의 기운이 가득한데, 바람이 차가울 때가 있지요. 모두들 힘든 상황이지만 자영업을 하는 이들은 말할 것도 없는데, 친구의 아픈 소식을 전해 들었던 거네요. 우리가 힘든 상황을 비유하듯 목이 차오르는 강물을 건넌다고도 하는데, 실제로 그런 경험은 없어요. 글쎄 무슨 말을 한다고 위로가 될까요. 기회가 된다면 한번 만나 따뜻한 국밥 한 그릇이라도 나누면 좋겠네요.

# 씨앗

원주민들의 4월 달력엔
'머리맡에 씨앗을 놓아두는 달'
큰 글씨로 적어 두었다는데
4월이 다 지나가도
내 머리맡에 준비한 씨앗 하나가 없다

종자고구마는 함지박에 북감자는 재에 묻혀 묻고
마늘밭 고랑 사이로 작은 비닐집을 지어
오이며 참외씨를 묻고
돌담 아래 호박씨며 옥수수씨를 묻어 두며
빈 땅이 어디 있나 여지없이
아욱이며 상추씨를 바람에 날리던
엄마의 손길은 잊지 않았는데
내 머리맡엔 묻을 씨앗들이 없다

오늘은 언젠가 뿌렸던 씨앗의 열매일 것처럼

행여 씨앗을 뿌려 두기는 하였지만

성급함과 게으름의 잡초는 제때 뽑아 주었던지

이제 5월에 묻을 씨앗이나 있는 건지 건너다본다

—

'씨오쟁이는 베고 죽으라'는 옛 속담, 쓰신 책에서 보았던 그 말이 떠오르네요. 굶어 죽는다 하더라도 씨앗은 남겨 놓으라는 매우 엄정하게 경고하는 말일 듯도 싶은데, 이제 대부분의 씨앗들은 모종이나 씨앗을 구입하여 재배하는 것이니 씨앗의 중요성을 인식하기는 어려운 시절이 되었군요.

엄마는 서리가 그치는 시절부터 철 따라 텃밭에 씨앗을 뿌렸지요. 요즘 시절이야 마트에 가면 온갖 식자재들이 철도 없이 나오지만 그 시절이야 자급자족하듯 하던 시절이었으니, 대부분의 씨앗들은 지난해에 갈무리해 둔 것이었고요.

오늘은 언젠가 뿌렸던 씨앗의 열매라는 말도, 또 성급함과 게으름의 잡초는 뽑아 주었는가 하는 말도 의미 있게 다가옵니다. 이제부터는 나도 한두 가지라도 뿌릴 씨앗을 준비해 두어야겠네요.

# 오십 원 동전

산벚꽃이 피면 못자리를 만들어 볍씨를 뿌리고
고욤나무에 감나무 접목을 했던
산과 들을 달력처럼 걸어 두었던 시절이 있었던 것을

보리꽃도 피지 않았는데 문경새재보다 대관령보다 높던
시름시름 보릿고개를 넘어야 했던
점심때마다 낡은 양은 도시락 뚜껑을 열어
꽁보리밥을 내보여야 했던 시절의 모습도

우리의 소원은 통일이라는 동요를 부르며
대단한 신품종이라며 통일벼라는
이름표를 달아 놓고는 통일벼만 심으라고 했으니
아끼바레 볍씨를 담갔다고
함지박을 둘러엎던 시절이 있었다

초근목피 그 시절 아야 뛰지 마라 배 꺼질라

그 소년 가수는 과연 가사의 의미는 알고 부른 건지
어디 구석에 굴러다니는 게 있으려나

오십 원 동전을 한번 들여다보라
동전에 새겨진 그 벼이삭이
가파른 보릿고개를 넘게 해 주었던 통일벼였음을

—

요즘엔 못자리를 만드는 모습을 보지 못한 것 같아요. 논 한
쪽에 비닐로 작은 하우스를 만들어 볍씨를 뿌리던 모습, 그때
무슨 꽃이 피었는지는 기억나지 않지만 한창 봄꽃들이 피는 때
였던 것 같아요.

그 당시 농사라는 것이 경험이나 관행에 의존하듯 24절기가 긴
요하던 때였으니까요. 직접 농사 경험이 없어 당시 통일벼라는
품종의 의미는 잘 모르겠어요. 정말 그럴 정도였는지.

요즘 동전 쓸 일이 없어 주머니에 들어 있지도 않지만 벼이삭이
새겨져 있는 것은 기억하는데, 그것이 통일벼와 관련이 있는 거
였군요.

# 새싹

새꽃이라고는 하지 않는 거다
이른 봄 잎이 피기 전에 먼저 꽃이 피더라도
이내 지고 말 것이기에 그런 건가

새싹 새순 새잎 새움 새롭게 시작함을 퍼트리듯
새로움으로 보며 마음에 새 꿈을 품어 키우라는 거다

울 듯 말 듯 진달래꽃 지고 난 가지에 돋아나는 새순이듯
화들짝 피어났던 벚꽃잎들 바람으로 지고 난 가지마다
부푸는 새잎들처럼 꽃보다
새싹 새순이 더 아름다울 수 있는 거다

봄비라도 지나면 싹들은 초록으로 새롭듯
생명의 생동과 기운을 빛으로 퍼트리고
새잎 새움 새순들은 연초록빛 물결치듯
생동의 기운으로 넘실거리며 느릿느릿 산을 오르는데

사월의 대지는 날마다 새롭듯 봄은 보아주라는 계절
그대는 지금 어디에 있는지요

—

정말 그러네요. 이른 봄 잎도 나기 전에 피는 꽃이라도 새꽃이
라고도 않는 거네요. 새로움을 보며 마음에 새 꿈을 품어 키
우라는 것도.

벚꽃이나 진달래꽃이 지면서 피어나는 새 잎들은 꽃하고는 다른
생동감을 준다는 것에 공감해요. 봄비가 지난 대지에는 생명의
기운이 울뚝불뚝 피어나지요.

먼 산을 보면 연초록빛들이 차츰 정상으로 올라가는 모습도.
그렇듯 사월의 대지는 날마다 새롭게 피어나는 계절, 들에 한번
나가 보아야겠네요.

# 배꽃

이화(梨花)에 월백(月白)하고
은한(銀漢)이 삼경(三更)인제

늦은 밤 시 한 수를 읊어 주더니
배꽃이 흐드러졌다며
한번 다녀가라는 고향 친구의 기별

앞산이며 뒷산 들판에도
온갖 꽃들 지천으로 피었는데
울에 가두어 모여서 피는 배꽃까지
보러 갈 여력이 없다 대꾸했더니
한마디를 더 보탰다
하현달 뜨면 배꽃은 구름처럼 흘러간다며
곡차나 한 잔 치고 가라고

주막도 은한(銀漢)도 떠난 마을엔

밤안개인지 배꽃이 피워 놓은 구름인지

짧은 봄밤도 이경(二更)에서

삼경(三更)으로 건너가는데

곡차를 푸는 바가지는 바닥을 긁었다

—

나고 자란 고향 마을 언덕배기에 배나무과수원이 있었습니다. 요즘에는 심하게 수형을 교정하여 부자연스럽지만, 그 당시에는 그렇게까진 하지 않았었지요. 배꽃이 피기 시작하면 마을은 밤에도 흰 구름이 내려온 듯 은하수가 흐르듯 밝은 빛이 번져 나왔답니다.

고향 마을에 사는 친구가 배꽃이 피었다고 초대했다면 취향이 아니더라도 당연히 가야지요. 제게도 그런 친구가 고향에 남아 있었더라면, 배꽃이 피워 놓은 밤안개 같은 구름도 볼 수 있었을 테지요.

梨花에 月백하고

銀漢이 三更인 제

一枝春心을 자규야 알랴마는

多情도 병인양하여 잠못들어 하노라.

- 이조년 -

# 가시

계절의 향기처럼 풋풋하면서 쌉싸름한
엄나무와 두릅순이 오른 식탁에서
탱자나무꽃 새초롬 그 순정한 향기를 탐하다가
매서운 가시에 코끝을 찔렸던 기억으로
엄나무며 두릅나무에도 매단 가시의 의미를 돌아보았을까

풋풋하면서 쌉싸름한 향기를 품은 햇잎들에게
들짐승의 식탐을 피하기 위하여
엄나무 두릅나무는 매단 가시들이었는데
너는 보았던가 햇순이 잘린 가지 끝
웅얼웅얼 진액의 눈물도 흘리는 것을

어린 시절엔 생울타리로 탱자나무가 많았는데 이제는 보기 어려운 꽃이 되었네요. 순백의 작은 꽃에서 번지는 향기는 달콤했지요.

제철에 먹는 엄나무순이며 두릅순의 향취···. 그 나무에 가시가 달린 이유가 그 특유의 향취를 탐하는 짐승을 막기 위한 것이었는데, 사람들은 그 맛을 탐하는 것이네요. 웅얼웅얼 진액의 눈물도 흘린다는 것을···.

# 그댄 봄비를 무척 좋아하나요

사월의 아침
가문 대지에 생명의 물을 대듯
조근거리는 나지막한 빗소리

그해 초봄이었을까
춘천을 지나 배후령을 넘어
화천 오음리로 가던 천리행군 길

벚꽃이 피어나면서 시무룩해진 진달래꽃잎에
추적추적 봄비가 팔랑거리던
별도 없는 밤은 땀인지
젖어드는 봄비로 깊어져 가던 길

군화 소리만 저벅거리던 밤에
지프가 지나가는 소리에
울리던 단체경례 함성

구호 소리가 봄비에 젖어
산을 울리지도 못했으니
중대장 전투모에서 뿌연 김이 피어올랐던가

전달 뒤로 돌아
역행군의 시작
김수희의 〈애모〉를 애창했던 그는
〈그댄 봄비를 무척 좋아하나요〉를
군가 대신 제창하라고 했던 그 서글펐던 봄밤

추억 속에 잠기기는커녕
다시 되돌아갈 길만이 아득했던
거친 솔밭길에 봄비 내리던 길
봄비를 무척 좋아하냐며
그대에게 문득 흥얼거리며 온 아침에

—

문득 아침에 그 노래가 듣고 싶어졌어요. 배따라기의 〈그댄 봄비를 무척 좋아하나요〉.

행군의 모습을 상상하지 못하니 어떤 상황인지 잘 모르지만 잠시 동안이라도 목적지가 아닌 걸어온 길을 다시 가게 한 것은 좀 잔인한 듯하네요.

그래도 이제는 추억이 되었겠지요? 전우들과 같이 걸었던 그 시간들이….

# 마운틴 오른가즘

아무도 말하지 않았다

행여 말하는 자가 있더라도 막연했다

그저 산에 들면 생겨나

몸으로 스며 마음으로 들이치는 것

가질려야 가질 수 없고

달라고 해도 절대 주지도 않는 것


오르기보다 들어가는 길

그 달고 오묘한 쾌락의 늪 속으로 빠져드는 길

곁에 누군가가 없이 홀로 가는 길

더군다나 오고 가는 이도 없는

한 그루 나무처럼 온전한 존재가 되듯

시선은 발 디딜 땅만 내려다보는

허벅지에 깊은 통증 같은 힘겨움


숨소리가 거칠어지고 땀이 굴러 내리면

바람 소리도 새들도 잠시 침묵 속에 빠져드는 듯
시선은 내딛어야 할 한 발 앞이나 보며
가파르고 깊어지면 몸속 세포들이
문을 열고 대지와 하나가 되는 것
힘줄이 튕겨 나올 듯 허벅지가 부풀어 오르고
땀이 몸을 적시고 숨은 가빠지면
대지와 교합의 순간

존재는 한없이 가벼워지고
영혼은 깨어나면서
자연과의 교감 상태로 진입하면서
잠시이지만 극치에 도달하는 지경

성애로 오르가즘은 그 절정의 순간이 지나면
내면이 허무해지거나 그 뒤를 돌아다보기도 하지만
산에 든 오른가즘은 그 반대인 것을
심신이 충만해지고 저 앞을 내다보게도 된다는 것을

RUNNER'S HIGH

—

마라톤을 하는 사람들이 '러너스 하이'라 하듯이 30분 이상 달리면 몸이 가벼워지고 머리가 맑아지면서 경쾌한 느낌이라고 하데요. 과학적으로도 검증된 호르몬의 영향일까요.

산을 오르면서도 비슷한 느낌이려나요? 산을 오를 때 그런 상태가 되려면 당시의 상황이 그렇게 맞아떨어져야겠네요. 그런 상태에 들기 위한 교합의 조건은 분명히 있을 듯, 그만큼 얻기 쉬운 과정이 아니겠고요.

이성 간에 느끼는 것과 자연에서 느끼는 것은 분명 다름이 있겠지요. 한계를 넘나드는 고통 속에 스미는 희열, 기회가 된다면 같이 산에 오르면서 그런 순간을 맞이하고 싶네요.

# 비로소

비로(毘盧)는 빛을 펼쳐 내듯
산의 봉우리로 서 있는 곳
비로소 소백(小白)의 비로봉에 발을 딛고
거센 바람을 안는다

아니 내 생애에서 비로소는 없었는 듯
날아갈 듯 바람에 흔들린다
절실하지 않았음인가
달아날 구석을 염려하듯 그딴 식이었을 거다

낡아 가는 육신의 껍질 속으로
날아갈 듯 거센 바람이 스민다면
비로소를 내걸지 못한
내 지나온 길에 회초리쯤 되려나
비로소 벼린 칼날처럼 날선 바람에
차가움만이 달겨든다

—

금강산에서부터 비로봉은 여러 산에 그 이름을 두고 있네요.
소백산에 가셨던 듯.

'비로소'의 사전적인 뜻은 어떤 일이나 현상이 다른 어떤 계기
로 말미암아, 또는 꽤 오랜 기다림 끝에 처음으로 이루어짐을
나타내는 말이네요.

인내심을 가지고 기다렸거나 최선을 다한 자세를 스스로 나무
라는 듯…. 너무 자책하지는 마세요.

# 사과

변산 모항에 사는 농부 시인에게
필요한 책을 한 권 받고
사과 한 박스를 보냈더니 문자가 왔다

택배 잘 받았네 무지 고마워!
이가 부실해서 수저로 우리 내외가
하나씩 긁어 먹으며 서로 웃고 있네

내외라는 오래된 말이 눈물겨울 정도였다
내가 다시 문자를 보냈다

사과한다고 보냈는데
내외간에 서로 웃으셨다니
사과가 덜 멋쩍었겠네요

—

사과는 또 다른 배려심의 공간이기도 하잖아요. 맞서 싸우는 사람들의 대부분은 상대방으로부터 '내가 잘못했다'라는 말을 듣기 위하여, 또는 상대방을 변화시키겠다는 당치도 않는 욕심으로 목소리를 높이는 것이라면 사과는 인간관계에서 당연한 도리이기도 하겠지만 배려심의 공간일 듯도 싶네요.

내외라는 말, 요즘엔 잘 쓰지 않는 말인데, 아마도 서로의 존재를 인식케 하는 말로 들려왔던 듯. 아마 모항에 사는 농부 시인의 시로 만든 말이었을까요? 저도 한번 올려 봅니다.

사랑은 놀이가 아닙니다
여간해선 지우지 못할
흔적을 남기기 때문이죠
흔적이 남지 않는다면
서로 사랑했다 말할 수 없을 겁니다

흔적이 생채기일 수도 있고

공허한 빈자리일 수도 있습니다
우리 마음은 어쩌면 그런 생채기와
빈자리로 가득한지도 모릅니다

구멍이 숭숭 뚫린 마음을
애써 무시하며
살아가는지도 모릅니다

때로 그 빈자리를 눈치채고
다른 누군가가 빈자리를
채워 줄 것을 기대합니다

그러나 빈자리는 다른 사람으로
대체되지 않은 경우가 많습니다
오직 그 사람만이 채워 줄 수 있는
자리였기 때문입니다

# 실개울 흐르는 곳에

고마리 새순 피어나는 봄의 실개울
버들치는 몰래 새끼를 치고
가재는 꽁지에 새끼를 매달고 다녔다
여름 장맛비에 큰물이 흐르면
물고기들과 함께 멱을 감았고
얼음이 꽁꽁 흐르면
고기들은 얼음장 아래 숨을 쉬고
아이들은 썰매를 타고 놀았다

실개울 흐르다 잠시 멈추어 가는 곳
파란 하늘 뭉게구름만 흐르는데
구름 속에 숨어 있던 가재 한 마리 뒷걸음질
돌 틈으로 숨어들었다

빙글빙글 굴렁쇠를 굴리듯
동그라미를 그리며 놀던 물땅땅이도

어지러웠는지 잠시 그 자리에 멈추면
두 손에 가득 담아 올린 시냇물이 시원했다


버들치 동자개 피라미 가재는 실개울에서 놀고
송사리 미꾸라지 물방개는
논물을 대던 둠벙 길에서 놀고
붕어 모래무지 메기들은
실개울이 여럿 모인 아랫마을에서 놀았다


실개울 흐르는 마음은
오래된 꿈이 흐르는 마을
언제나 돌아가고픈 그리움이
졸졸졸 소리를 내며 흐른다

―

산이 흘러내리는 마을마다 개울도 흘러가는 것이었지요. 그 물들은 물고기, 가재 등을 키워 내는 곳이자 놀이터였던 거네요. 물고기들은 물줄기에 따라 사는 종류들도 달랐고요.

사내아이들처럼 개울가에 자주 나가 보지 않았으니 잘 모르기도 한데, 그래도 정화 처리를 해서 물이 많이 깨끗해지기는 했지만 물은 생명의 근원이듯이 돌아가고픈 그리움이라는 게 내 가슴에도 소리를 내게 되네요.

# 기다림

기다림은 기대와 다정함이 임하여 한데 모여 있는 것
마음의 콩닥거림으로 기다림은 더디게 오는 것이었으니

유년 시절과 어른 시절의 차이는 무엇일까
그랬다 마음속 공간의 내용물

유년 시절엔 마음속 공간이 기다림으로 가득 채워졌었지만
어른 시절엔 유년 시절의 그 기다림이었던 내용물들이
그리움으로 돌아왔다는 것

이제 내일의 기다림이 무엇일까 헤아려 본다

—

기다림이란 말속에 기대와 다정함이 임하여 한자리에 있다는 것,
오늘 아침 엽서를 읽고 오늘 이 시간에 내가 기다리는 것은 무
엇일까를 생각했습니다.

기다림은 더디게 오는 것이었으니 어린 시절은 더디게 갔던 것이
고, 이제 나이 수만큼 세월은 가속페달을 밟듯 빨리 가는 것 같
아요. 그 기다림들이 그리움으로 돌아왔다는 것도….

# 산책

산책이란 산에서 책을 읽는 일
살아 있는 자연에서 책을 보듯 하는 것이다

봄 여름 가을 철 따라 피고 지는 꽃과 나무들처럼
색깔별로 피어나는 문자가 있고
겨울 봄 여름 가을 철 따라 오고 가는 철새며 바람까지도
가지가지 소리가 있고
새벽 아침 점심 저녁나절까지
시간마다도 보아주며 읽어야 할 책들이 있는 것

책을 읽는 시간은 고요함을 필요로 하듯이
산에서 책을 읽는다는 시간
마음이 고요함으로 흐르기를

—

산보한다면 단순히 걷는 것이라 생각되지만, 산책한다면 마치 책
이라도 읽는다는 듯싶네요.

좋은 책이 마음의 평안과 변화를 주기도 하듯이 계절별로 피
어나는 꽃과 나무들의 변화에 마음의 변화를 줄 수도 있다는
것. 예전처럼 자주 책을 읽지는 못하지만 산에서라도 자주 책을
볼 수 있도록 해야겠네요.

# 황지(潢池)

마음의 촘촘한 체를 빠져나가지 못하고
앙금으로 굳어 버린 것이 전설이라면
황지(黃池)의 굳어 버린 앙금은
한 스님의 마음속에 있었을까

아닐 것이다
발원이었을 것이다
선함의 으뜸이 물이라 했듯
모든 사람들이 싫어하는 낮은 곳으로 머물고
만물을 이롭게 하면서도
다투지 않음의 발원이었을 것이다
발원은 강이 되어 바다에 이를진대

외딴 전설을 탐하듯
보시를 구하던 바가지에 동전을 던졌다
로마 트레비분수에도 가 보지 못한

나그네의 앙금처럼

—

한때 석탄의 고장이었던 곳이네요. 오래전에 가 보았던 태백 시내 중심가에 있는 못. 전설의 의미가 어떤 걸러지지 못한 욕망과 관련 있는 것일까도 생각해 봅니다.

글쎄 발원이라는 것이 시작된다는 의미도 있고 소원을 빈다는 의미도 있는 거네요. 처음을 이룬다는 것과 소원은 맥이 통하는 것 같기도 하고요.

모든 길은 로마로 통한다는데, 아직 로마에 가 보지 못한 거군요. 그곳에서 나도 행운을 빌며 동전을 던진 기억이 나네요.

# 정상

산의 가장 높은 곳이 정상(頂上)이듯
히말라야 설산의 정상에 오른 산악인의 모습은
그 고통만큼이나 영광의 손을 치켜든다
정상에 오른 사람은 정상을 받는 것처럼
우리들도 마음에 정한 일을 이루었을 때
상을 주었으면 싶은

—

보통 사람들이 꿈꿀 수 없는 분야에서의 성취, 죽음의 공포와 인간으로 겪어야 하는 극한의 고통을 감내하며 설산의 정상에 오른 사람들, 그리고 각 분야에서 각고의 노력으로 정상에 오른 사람들.

이들을 '정상에 올랐다', '정상을 차지했다'라 표현하지요. 각자 이루고자 하는 목표를 정하고 이를 이루기 위해 노력하고 목표를 이루었다면 스스로든 누군가든 '정상'이라는 이름으로 상을 주자는 거네요.

금연이 목표였던 사람이든, 체중 감량이 목표였던 사람이든, 하루에 만보를 걷는 목표를 정했다면 마찬가지로. 다만 시험으로 정해지는 것은 제외했으면 싶네요.

# 새벽

새벽은 새로운 벽이었다
어제와 오늘
현실과 비현실의 경계점이었고 대척점이었던 것도
어제는 흘러간 과거이고
자정은 오늘 살아 있는 나의 경계점일까

새벽은 밀치는 자의 손길에 따라
새로운 하루가 열리기도 하고
어제의 벽에 갇히기도 하는 것

어둠을 밀어내지 않는다면
벽 안에 머물러야 했다
새벽은 살아 있는 누구에게나
공평하게 주어지는 선물이고 숙제였음을

—

새벽이 마치 새로운 벽의 줄임말인 것처럼 표현하셨네요. 어제에
머무느냐 아니면 새로운 오늘을 선물처럼 받느냐, 아침을 어떻
게 맞느냐 하는 게 정말 중요한 것 같아요.

어제의 숙취로 괴롭다면 어제에 머무는 것처럼 괴로워야 하고,
어제의 언쟁과 갈등이 남아 있다면 마찬가지.

새벽이 누구에게나 똑같이 주어지는 선물이라면, 나는 과연 새
벽을 어떻게 맞을 것인가를 생각해 보아야겠네요.

# 미뤄 두면

미뤄 두면 밑지는 것이 있다

하기 싫은 것처럼 사과를 해야 하는 것도
하기 싫은 일처럼 피하고 싶은 것도
가기 싫은 길처럼 어둡고 깜깜한 길도
본전도 못 찾고 미뤄 두면 밑지는 것이 된다

미뤄 두면 보태지는 것도 있다

누군가 오고 가는 길에 만나자던 약속도
무언가를 건넸다며 고맙다는 말
돌려받고 싶은 마음은
미뤄 두면 보태지는 것이 된다

—

내게 불리하거나 불편한 일이라면 미뤄 두고 싶은 심사가 당연
한 듯한데, 그러면 바로 했을 때보다 더 나빠진다는 것이죠?
정말 그럴 것 같아요.

만나자는 약속도, 도리상 내가 받아야 하는, 또는 받고 싶은
말은 미뤄 두어도 나쁠 것이 없을 것 같다는 생각. 혹시나 가까
이 있는 사람에게 사과해야 할 일은 없는지 생각해 봅니다.

# 아침의 표정

저마다 아침의 표정에는
그 사람의 어제가 어른거린다
그러니 어제는 지나간 과거가 아닌
늘 오늘과 겹쳐져 있는 것이다

아침마다 떠오르는 태양엔
어제는 없고 오늘만의 새로운 표정이 있다
그러니 어제는 죽은 날이고
세상이 영원할 것처럼
내일을 또 기다릴 수 있는 것이다

내 창문에 커튼을 걸지 말아야지
어제와 겹쳐진다면 오늘은
온전한 오늘이 될 수 없으므로
그러니 어제가 또 찾아와
내 앞을 서성거리기 전에

새롭게 아침 해를 맞아야 한다
날마다 새롭게 오는 태양처럼

—

새롭게 오는 듯, 하지만 저마다의 아침은 각기 다르겠지요.
과연 어제 무슨 일이 있었을까? 오늘은 어제의 연속이니까요.
어제 안 좋았는데, 새롭게 밝은 아침을 맞이할 수는 없겠지요.
정말 오늘 떠오르는 태양은 오늘만의 표정이 있는 거네요.
늘 새롭게 아침을 맞는 것, 내일의 태양을 기다려 봅니다.

# 수탄장

애간장이 탄다, 녹는다는 말은 오래된 말이다
소록도에 갈 적마다 수탄장(愁嘆場) 속까지 새까맣게
타고 녹아내렸던 슬픈 눈물의 흔적을 더듬는다


하늘이 내린 벌이라고 누가 감히 말했던가
아이는 미감아 보육소에서
엄마는 병사(病舍)에서 떨어져 지내야 했던 비애
한 달에 한 번도 멀찌감치 떨어져 만나는 날


눈에 넣어도 아프지 않을 분신을
안아 보지도 만져 보지도 못하고
눈물로만 훔쳐야 했던 탄식
눈물을 멈추지 못해 발등을 찍어 적시던 그 모진 형벌


코로나 때문에 누구도 믿을 수 없다며
만날 수 없겠다는 그 말이 씁쓸했던 날,

꽃사슴이 놀던 그 섬의 슬픈 이야기들이
바이러스의 형벌로 돌아 나왔다

—

지금이야 관광지처럼 다녀오는 곳이지만 소록도의 이야기는 참 슬픈 역사의 한 장면이지요. 강제로 단종 수술을 했던 방에서 전해지던 오싹함, 그 자리에 있던 청년의 고통과 상실은 어땠을까요.

수탄장이 있던 풍경, 그 엄마들에게는 자신에게 닥친 병에다 눈에 넣어도 아프지 않을 자식에게도 이어지는 모진 굴레.

한 번도 경험하지 못한 듯, 역병으로 우리 삶의 모습들이 부서지고 깨지는 모습이라니….

# 귀가 두 개인 것은

옹알이를 하다가 말을 배우기까지 2년 정도 걸리지만
남을 말을 듣는 것은 60년이 지나도 될지 말지인 듯
누구를 말할 것도 없이 내가 그렇다는 거다

그러니 공자님도 이순(耳順)이라 했다던가
누구나 귀는 달고 있는 거지만 귀 있는 자는 들으라고
경전으로도 전파했던 것으로도 또 그렇다는 거다

곁에 있는 타인의 마음을 얻으려고
그렇게 애를 써 보지만 아무나 쉽지 않은 게
마주선 이의 말을 잘 들어 주는 게
쉬운 듯 어려우니 또 그렇다는 거다

내가 듣고 싶은 말보다 내가 들어야 할 말을
구분하는 것은 또 어려우니
곁에 누가 있는가도 그만큼이나

입과 귀의 차이는 겨우 하나이고 두 개란 것일 뿐

—

말이란 배우기도 하지만 자연스럽게 따라 하는 것 같네요. 경상도와 전라도의 경계를 이루는 곳에 가면, 거기가 거긴데도 억양이 다른 것을 보면 신기하다는 생각을 해요.

듣고 싶은 말과 들어야 할 말, 쉬운 듯 참 어려운 일이네요. 그래요, 입은 하나인데 귀는 두 개라는 것을 의미 있게 생각할 뿐.

# 첫사랑

5학년쯤 누군가를 좋아하기 시작했던 시절이
처음이었으니 첫사랑이라 해야 하나
다들 돌아간 빈 교실에서
흘리고 간 듯 그 애의 필통을 주웠을 때
다음 날 전해 주겠다는 마음만으로도
잠을 설쳐야 했던 날들이 있었던 것을

말을 할 수도 글로 전할 생각도
하지 못했으니 속으로만 열병을 앓듯
그 소년은 뜨거웠던 마음은
오래 가시지도 않고 저 밑에 숨겨져 있었던 듯
먼 시간이 되어서도 가끔씩 피어나곤 했다

샘을 내듯 찬바람이 쿨럭거려도
가까이 다가가서야 향기가 피어나듯
아직도 숨기기 싫은 내숭처럼

봄꽃들은 피어나는 거다

이제는 까맣게 잊은 듯
이제는 정말 잊었다고 둘러대었듯
달콤함보다는 쌉싸름한 첫사랑처럼
봄꽃들은 피어나는 거다

—

첫사랑이란, 누구든 한 번에 딱 떠올릴 만한 기억을 가진 사람은 드물 것 같습니다. 황순원의 『소나기』에 나오는 주인공의 모습이 떠오르네요.

초등학교 5학년, 얼굴이 유난히 뽀얗고 눈썹이 짙은 소년, 그 애를 보면 마음이 콩닥거리며 속으로만 좋아했는데 겉으로는 쌀쌀맞게 대했던 기억이 납니다.

우리 집 뒤꼍에 앵두가 익던 초여름, 앵두를 학교에 가져갔던 날, 모든 애들이 앵두를 먹고 싶어 했고 조금씩 다 나눠 주었는데 그 애는 외면했던 기억이 나네요. 사실은 그 애에게 다 주고 싶었는데….

봄꽃들은 그런 첫사랑처럼 또는 숨기고 싶은 내숭처럼 이른 봄에 피어나는가 봅니다.

# 시험

뭐 별스런 내용도 아니면서
사는 형편을 보태는 것도 아니고

반가운 인사처럼
잘 보고 있습니다, 라는 말 대신
퉁명스럽게 되돌려주는 말에
그럴 수도 있지 하면서
서운함과 머쓱함이 돌아 나왔다
이젠 올리거나 보내지 말아야지
투덜거렸던 건
자각인지 시험에 든 것이었던지

광야에서 금식하며 기도하던 중
돌덩이를 건네며 신의 권능을 가졌다면
빵으로 바꾸어 먹으라던 이야기도 돌아 나온다
너는 빵으로만 살 것이 아니라

몇 줄의 시로도 살아야 하는 게
아니냐고 반문하고 싶었던 건
자각의 공간을 찾는 게 얼마나 어렵던지
그저 시험에 빠지지 않는 것이
삶에 유용한 것이라고 다시 돌려주고 싶다

절기상 우수(雨水) 마음의 여유로움을 나누며
그대도 부디 시험에 빠지기를 더디 하시기를

—

아침마다 새로운 글을 올리면서 그런 생각이 드네요. 정말 우리는 시시각각 시험에 빠지듯 자기검열이라고 해야 하나, 자아비판적이라고 해야 하나, 아무튼 안 해도 먹고사는 데 큰 지장을 없는 일을 하잖아요. 내가 잘 모를 일이지만 반응을 살피지 않을 수도 없고.

무던하다는 말, 둔감도 힘이 된다는 것처럼 둔감력(鈍感力)에 관한 책이 생각나네요. 내용 중에 인상 깊었던 것이 좋은 의미의 둔감력은 과감한 판단력을 발휘하게 한다는 것이지요. 나아가 강한 추진력도 생기게 한다는 것도.

날씨가 조금 포근해졌어요. 그래요. 시험에 빠지기를 더디 해야겠네요.

# 도를 아십니까

완도 청해진
그 천년의 역사를 증명하는 것은
나무 말뚝 목책이었다

천년의 세월은 바람이 되어 사라진 것이 아닌
옹이처럼 결이 있었던 거다

하물며 눈에 보이지 않는 바람도 결이 있다니
세상의 것들은 죄다 결이 있다고 봐야 한다
바람도 물도 마음도 바위덩이 터럭조차도 그렇다

결을 찾아낸다는 것은 결을 따라 흐르는 것은
다정하게 다가오며 건네던
'도를 아십니까?'
묻는 그 말의 다름 아니다
부디 허업(虛業)에 병든 자들이여

―

오랜 옛날에 완도에 딸린 작은 섬 장도에 청해를 지키는 진이 있었다는 이야기를 들은 적이 있어요. 섬 주변 갯벌에 박혀 있는 방어 수단으로서의 목책이 썩어 바닷물이 되었겠지만 일부가 남아 있다는.

세상의 모든 것에 결이 있다는 말이 참 의미 있게 다가와요. 그러나 그걸 알아채는 것은 쉽지 않음을 느끼기도 하고요. 그만큼 쉽지 않다는 것도 표현한 것 같네요.

그래, 뭘 아는 체하는 게 허업이기도 하겠네요.

# 포말

베갯잇을 적시며 잠들 때마다
가출을 꿈꾸던 시절이 있었다
사내란 게 그렇게 쩨쩨하지 말았어야 했는데
후회할 때마다 누구든 만나지 않겠다고
상처를 싸매듯 웅크려야 했던 날들도 있었다

사는 게 시시하다고 생각할 적마다
철 지난 바닷가의 밤도 그리워했던 날
물새들 저녁 썰물에 벼랑끝 집으로 돌아가고
알 수도 없는 먼 곳으로 여행을 떠나는
검은 바다 침묵과 아우성이 혼재하듯
부서지는 바람에 하얀 포말이 흐느끼듯
밤의 해변에 주저앉아 울고 싶었던 날이 있었다

—

읽은 책에서 염탐하듯 그런 분위기를 느낀 적이 있어요. 중등학
교시절 가출을 꿈꾸었다는. 우리가 흔히 쓰는 트라우마라는
말처럼 쉽게 지워지지 않는 상처처럼 남아 있을 수도 있겠다는
생각을 해 봐요.

철 지난 바다를 가끔 보러 가요. 해무가 가득 차 멀리 파도 소
리만 들리는 어두운 밤을 좋아해요. 밀물로 가득 차오른 바다
보다는 먼 여행을 떠나듯 썰물로 드러나 바다를 따라가는 그
시간도 좋아하고요.

인광처럼 하얀 포말만 번득이는 밤의 해변에 앉아 울고 싶은
날, 아직 그런 날은 없었어요.

# 족제비

족제비도 낯짝이 있다는 말은

얄밉고 염치도 모르는 자를 일러 빈정대는 말이었던 것

낯짝이라는 그 찰진 말을 듣는 것도

족제비를 보기도 참 어려운 시절인 걸


개 꼬리털 10년이 지나도

족제비의 것이 되지 못한다는 말은

그 무엇보다 붓을 만드는 데 족제비의 것이

최고라는 것을 이르는 말인 데다

본질은 변하기 어렵다는 의미도 숨겨져 있었던 듯


해변 길 30여 리를 걸어

목적도 없던 목적지에 도착했던 날

버스를 기다리며 다시 걷던 길이 한 시간 반을

더 걸어도 버스는 오지 않던 시골 길

투덜투덜 퉁명스러워지려던 시간에

모처럼 만난 족제비의 낯짝
산 듯 숨을 멈춘 모습에 잠시 먹먹해졌다가
즐겨도 하지 않는 커피를
들이키고 싶은 갈증이 꼬물거렸다

—

족제비를 검색해 보았어요. 지금까지 한 번도 만난 적이 없었으니까요. 날렵한 몸매에 똘망똘망한 눈을 가졌더군요.

족제비에 관해 한참을 생각하다 보니 어려서 이웃집에서 키우던 닭들을 '족제비가 물어갔다'는 말을 자주 들었던 게 기억났어요. 아마 그래서 '족제비도 낯짝이 있다'는 말이 생겨난 듯하네요. 좀 얄미운 사람을 족제비 같다고 말하기도 하고.

요즘엔 특별히 서예를 하는 분들이나 붓을 필요로 하니 붓의 중요성을 잘 모른다는 생각을 했어요. 좀 잔인하지만, 예전에 일부 여유 있는 집 부인들이 족제비와 비슷하게 생긴 목도리를 하고 다녔던 기억도 나고요.

그러고 보니 족제비에 관련된 이야기들이 많네요. 걷기를 좋아하는 분이니 걱정은 되지 않지만, 너무 무리는 하지 마시길.

2부

# 연민, 여름의 환희

며칠 전에 만났을 때
그는 나를 또 당황스럽게도 했다

- 본문 「내 친구 병근이」 중에서

# 여름으로 들어가며

잎이 피어나기도 전에 먼저 꽃을 피워 내듯, 햇살이 온기를 머금기 시작하면 이른 봄꽃들이 다투어 피어나기 시작했다. 시린 겨울바람을 온몸으로 맞으면서도 속으로는 뜨겁게 몸을 달궜을 것이다. 목련, 진달래, 벚꽃, 산수유, 살구꽃, 앵두꽃 등….

가까운 들에는 키 작은 풀꽃들도 피어난다. 봄까치꽃, 냉이꽃 민들레, 광대나물, 꽃다지 등이 피어나고 숲에는 생강나무꽃, 복수초, 바람꽃, 노루귀, 깽깽이풀, 얼레지, 산자고 등도 피어난다.

이른 봄에 숲에서 피는 꽃들은 진달래처럼 흔하게 피는 게 아니라 대개 일정한 지역에서만 피어서 일부러 찾아가야 하는 볼 수 있었다.

꽃부터 피었던 이른 초목들의 꽃들이 피고 지면 당연한 순서처럼 새순 새잎이 먼저 돋아난 것들에서 꽃이 피기 시작했다. 숲에서는 귀룽나무꽃이 제일 먼저 피고 요즘에는 가로공원 등에 조경용으로 많이 식재된 조팝나무나 철쭉꽃 등이 흔하게 피어났다.

연한 초록빛이 짙어져 가면 주로 흰빛의 꽃들이 피어났다. 아까

시, 이팝, 때죽, 산딸, 찔레, 팔배, 쥐똥나무꽃도. 코로나 19의 위세는 쉽게 사그라들지 않았지만 산과 들에는 여전히 꽃들이 제풀에 피었다 지고 숲은 자지러들듯 연초록으로 달아오르고 있었다.

여전히 지면서 꽃은 또 피어나듯 그의 아침 엽서도 나에게로 보내져 왔고 나도 단상(斷想)으로 여전히 그의 곁에 잠시 머무르곤 했다.

오월은 봄에서 여름으로 건너가는 무지개다리처럼 싱그러움으로 가득 찬 계절이다. 그래서 '계절의 여왕'이라는 칭호가 스스로 그러하듯 자연스러웠던 것도. 산과 들이 푸른 강물처럼 흘렀던 게 멀지 않은 것 같은데 기후 변화로 초록의 싱그러운 무지개다리를 건너기도 전에 봄의 절정을 질투하듯 여름이 출렁거렸다.

이성 간의 관계에서 순수함이란 얼마쯤의 분량으로 존재하는 것일까? 질투는 당연히 사랑의 범주에 속하는 것이겠지만 사랑과는 어떻게 구별되는 것일까? 더러는 연인이 아닌 친구라 하듯 이성 간에도 다소 건조한 관계가 만들어질 수 있을까? 직접 대면하지 않는 거라면 순수함이 지켜지는 것일까?

코로나 19라는 희대의 역병이 창궐하면서 '사회적 거리', '언택트'라는 신조어가 만들어졌다. 한 번도 경험하지 못한 생소한 상황이거나 장면이었을 테지만 그것은 오래전 비극의 섬 소록도에서 있었던 서글픈 장면을 연상케 했다. 이른바 '수탄장(愁嘆場)'이라는 잊혀 가는 말에 담긴 모습.

한센인 사이에서 아이가 태어나면 5살까지는 부모가 키우고 그 이후에는 부모들 품을 떠나 미감아라는 이름으로 집단수용시설로 보내졌다. '어린이집'이란 간판을 달기가 그랬던지 '미감아수용소'라는 무시무시한 간판을 내걸었다.

참고로 한센병은 주로 10대에 많이 걸리는 병이었다. 젊은 청춘들이었으니 집단으로 수용되어야 했더라도 남녀 간의 사랑도 피할 수 없었으니 강제로 생식 기능을 제거하는 '단종 수술'의 야만을 드러냈던 흔적이 남아있었다.

엄마의 태반으로 유전되는 병은 아니었고 부모와 같이 지내다 보면 생길 수도 있는 병이었다. 그러니 태어나자마자 부모와 격리시키는 것이 바람직한 예방법인데, 영아들을 보살피기 힘들다는 이유로 그러한 야만의 수단을 차용하였을 것이다.

그렇게 미감아수용소에 수용된 아이들은 한 달에 한 번 일정한 거리를 유지한 채 엄마와 만날 수 있었다. 면회는 병사 지대와 직원 지대의 경계선 도로에서 이뤄졌다. 그렇게 엄마와 아이들은 그리움을 달랠 수 있었을까?

기다렸던 시간만큼 너무나 반가운 만남이었을 테지만 차라리 비극이었다. 엄마는 꼬깃꼬깃 숨겨 두었던 용돈을 전해 주기도 하고 아이의 학교생활 등에 대해 이야기를 나누었을 것이다. 만날 때는 더할 수 없는 반가움이었으나 다시 제자리로 돌아가야 하는 이별의 시간은 생살이 뜯겨져 나가는 아픔이었을 것이다. 그래서 수탄장(愁嘆場)이었다.

한편 뜨거운 중동의 사막 지방에서 기원한 유일신을 믿는 종교는 여성들을 억압했다. 혹독한 기후와 척박한 자연환경, 일상이다시피 전란 속에서 여성을 보호한다는 명분이었을까? 우리도 경험했거나 그 잔재가 남아 있듯이 종교와 신분은 이성 간에 생겨나는 애매한 문제들을 덮어 버리는 기제로 작용했다.

그를 만나지 않겠다고, 만날 수 없는 거 아니냐고 생각했지만 바람이 없는 방 안에서도 일렁이는 촛불처럼 연모하는 마음보다 질투심은 떼어 낼 수가 없었다. 그 애매한 문제라는 게 결국은 질투였다.

짝을 지켜 내려는 질투라는 고약한 감정은 인간만이 가지는 것일까 싶은데, 일부이지만 동물에게도 그런 조치가 있다고 했다. 더욱이 인간의 질투는 수렵 채취로 건강한 생을 영위(?)했던 오랜 옛날부터 별다른 여과 과정 없이 오늘날까지 내려온 특별한 감정이랄 수도 있다는 것.

일반적으로 인지하고 있는 것처럼 사내들은 자신의 흔적을 되도록 많이 퍼트리려는 것이고 여자는 우수한 유전자를 제대로 받아 자식을 생산하려는 성적 전략이라면, 여성의 입장에서 안정적이고 지속적인 관계를 중시한다는 것이다. 결국은 질투라는 자신도 불편한 감정을 도구처럼 이용해 상대방이 외도할 가능성을 줄여 왔다.

또 다른 이성을 곁눈질하는 남성과 한 남성을 오래 곁에 두려는 부정적인 감정이었던 질투, 우리 역사에서도 조선 후기로 갈수록 여성에 대한 차별과 억압은 더 심해졌다. 그 근저에는 여성의 질투를 빙자한 사내들의 질투가 똬리를 틀고 있는 셈이었다. 과부의 재가를 금지하고 당시 힘을 가졌던 사내들의 잘못으로 볼모로 잡혀 갔던 여성들이 돌아왔을 때 '화냥년'이라는 치사한 멍에를 씌운 것은 그 연장선상이었다.


한번 보고 싶다는 마음만큼 질투심도 똬리를 틀듯 커져 가고 있었다. 늘 내가 아닌 남의 치사한 영역으로만 바라보았을 질투의 공간, 애매했지만 질투는 내 곁에 있는 것이어서 누가 말했든 쉽게 이해할 수 있는 것이었다.

대부분의 사람들은 나이가 들어갈수록 여유가 생기는 것이 아니라 사소한 것에도 삐치기를 빨리하는 듯했다. 결국 삐친다는 것은 질투와 동의어인 것인가를 생각해 본다. 누군가 말한 질투는 이성 간에서만 생겨나는 것이 아니라 우리네 삶을 휘청거리게도 한다는 것을.

질투의 대상을 한정할 수 있을까? 한 번도 만나지 못한 이에게 질투심을 가졌듯 질투는 특정한 누군가가 아닌 누구든 그 대상이 된다는 것이고, 인간이 드러내는 감정 중 교묘하게 포장의 외피를 두른다는 것이다. 사랑과 관심을 가장하면서 질투는 자신의 약점이라고도 생각하기 때문일 것이다.

질투는 자신의 존재성, 정체성의 한 단면을 형성하듯 경쟁심의 부산물일 수도 있기 때문에 불길과도 같다. 처음엔 가볍게 타오르다가 점점 거센 불길을 일으키고 종국에는 자신을 태우기도 한다. 질투하고 있다는 것을 짚어 주거나 충고의 말을 건넨다면 이는 질투심에 기름을 붓는 것과도 같으니 마침내 폭발하는 모습을 보이기도 한다.

나의 모습을 보며 질투의 실체를 다시 생각해 보았을 것이다. 심각하게 생각해 본 적은 없지만 질투란 전방위적인 삶의 반향인 셈이었다. 그러니 여인들에게서 질투를 금기시했던 옛사람들이 관습적인 틀과 제재로 치밀하고 촘촘하게 질투를 억눌렀다는 것을 알 수 있다. 과거에는 숨겨져 있던 여성들의 보편타당한 심리가 숨겨지고 수면 아래 가려진 경우가 많았지만, 이제는 그렇지 않다.

일반적으로 암수의 사이가 좋다는 원앙새의 특징을 살펴보자. 원앙금침은 원앙의 그림이나 무늬가 새겨진 이불을 말한다. 옛 사람들은 부부가 같이 덮고 자는 이불과 베개에 원앙을 새겨 넣기도 하고, 나무로 깎아 만든 원앙새 조각품을 침실에 두기도 했다. 그것은 내부적이거나 잠재적인 갈등을 덮어 버리듯 일종의 주술적인 방법이었다. 오늘날에도 결혼식장 내부 장식에 원앙이 들어가는 경우가 많고, 청첩장에 원앙새가 등장하기도 한다.

그렇다면 암수가 늘 다정하게 붙어 다니는 일부일처제의 상징인 원앙새는 정말로 성실한 배우자로 칭찬받을 자격이 있을까? 마치 인간의 일반적인 성정인 듯, 겉과 속은 다를 것이라고 원앙의 부부애를 의심한 과학자들이 있었다. 원앙새의 새끼들을 대상으로 DNA 조사를 해 본 것이다. 감정 결과, 다정하기로 소문난 원앙새 새끼들 중에 무려 4분의 1이 원앙새 암컷의 외도로 태어났다는 놀라운 사실이 밝혀진다.

그렇다면 사람들은 어떨까. 기성세대로 불리는 50대 이상의 사내들은 그 아버지 세대의 일탈을 목격하며 자라 왔다. 대부분의 어머니들은 그러한 사실을 묵인 내지는 방조할 수밖에 없는 가혹한 현실을 견뎌 내야 했다.

그러니 은연중에 아버지 세대의 외도를 소위 내재화했을 것이다. 이중적 윤리관을 가질 수밖에 없었던 이유라면 이유였다. 하지만 가정을 버리면서까지 사랑에 몰입하지는 않는다. 대부분 사회적 일부일처제와 생리적 성욕 사이에서 갈등의 강을 넘나드는 보통의, 그러나 순수하지는 않은 사내들이 대부분이었다.

한동안 장안의 화제몰이를 했던 모 종편방송의 금·토 드라마, 〈부부의 세계〉에 나오는 주인공도 마찬가지다. 영화감독으로 사회적인 지위를 가지고 있는 남자 주인공은 가정의학과 전문의인 아내와 아들과 함께 무척이나 단란하게 잘 사는, 남들이 부러워하는 모범 가족이었다.

하지만 그에게 2년 이상 사귄 처자가 있었고 막 임신까지 한 사실을 아내에게 들키기 전까지의 설정이었다. 그의 아내는 경악했다. 믿었던 성실한 남편이자 좋은 아빠였던 그의 배신에 치를 떤다. 당연히 매몰찬 공격이 시작된다. 그러나 그 지아비는 순순히 인정하지 않는다.


"사랑에 빠진 게 죄는 아니잖아!"

사내는 되레 아내가 경망스럽게 처신한 거 아니냐고, 불편하기는 하지만 모른 척 넘어가 줬다면 항변하는 모습을 보인다. 기다려 주면 한순간의 바람이었을 것을 왜 태풍으로 만들어 버렸냐고 적반하장 볼멘소리를 하고 있는 것이다. 이런 남자의 말을 뒷받침하듯, 사내의 친구는 말한다.

"세상에는 두 종류의 남자가 있지. 바람을 피우는 남자와 그것을 들키는 남자. 남자는 본능을 이기지 못하지."
물론 여자는 반박한다.
"본능은 남자한테만 있는 건 아니야!"

앞서 말했듯이 아버지 세대의 일탈을 내재화한 이유도 있을 테지만 유전적인 요인도 작용한다고 했다. 땅에 발을 딛고 사는 모든 것들에 적용된다는 것도. 나 같은 여자에게도 그런 것들이 적용될까? 말하기가 껄끄럽지만 역시 세상에 계시지 않은 아버지의 바람기의 흔적이 어딘가 숨어 있을지도 모른다. 아무튼 동물들에게는 물론 인간에게도 외도의 본능, 외도의 유전자가 따로 있다는 말은 설득력이 있다.

"사랑에 빠진 게 죄는 아니잖아?"라고 되레 아내에게 목에 핏대를 세우며 덤비는 파렴치한 지아비의 행동이 정당화될 수 있을까.
명징하지 않은 관계 속에서도 사랑과 질투는 마음 한곳에 같이 있었다. 산과 들이 푸른 강물처럼 흘렀던 게 멀지 않은 것 같은데, 기후 변화로 초록의 싱그러운 무지개다리를 건너기도 전에 봄의 절정을 질투하듯 여름이 출렁거렸다.

# 감꽃

떠난 후에야 사랑이 피어나기도 하듯이
지고서야 피었던 꽃들이 있었으니
들일 바쁜 텅 빈 마당에
소리를 내며 떨어지던 감꽃 무더기들

얼른 신랑 각시가 되고 싶었을라나
분이는 깨진 기왓장에 사금파리로
감꽃반찬을 만들고
분이 신랑이 되고 싶었던 나는
명주실에 감꽃을 꿰었다

분이가 차린 감꽃반찬은
달콤하거나 떨떠름했지만
분이 목에 걸어 주었던 감꽃목걸이는
달큰하고 향기로웠을 듯
향기로웠던 그 봄날은 가고

이제 감나무처럼 늙어 간 세월
옛 분이네 마당에 감꽃은
더 많이 떨어졌을 텐데

—

감꽃은 지고 난 후에야 피었음을 알았던 것 같아요. 감꽃은 잎
이 피고 난 후에 꽃이 피고, 꽃 모양도 색도 요란하지 않으니까
요. 감꽃이 피는 철은 모내기를 하는 철이니 굉장히 바쁜 철이었
다는 것도.
어른들은 모두 들에 나가고 아이들은 소꿉놀이를 하던 풍경,
요즘은 혼인도 회피하거나 쉽게 하지 못하는 세상, 그때는 어렸
을 때부터 신랑 각시를 꿈꾸었던 듯.
분이네도 아마 오래전에 마을을 떠났을 테지만, 그 집 감나무
는 더 굵게 자라 더 많은 꽃을 피워 내겠지요.

# 언제는 없는 시간일 뿐

오랜만에 걸려 온 전화에
반가움을 들썩거렸더니
잘못 누른 번호처럼 움찔거리던 목소리
순간 지나가던 말을 잡아끌었다
역병도 잠잠해지고 날도 풀리면
한번 보자고 했더니
이내 들킨 속내를 추스르듯
그래 전화 기다릴게 했다

그나마 다행이었던 게
전화할게 언제 한번 만나자, 라는 말보다
전화 기다릴게 그 말이었다
언제라는 시간은 언제나
오지 않을 시간이었기에

—

잘못 번호를 눌러 걸려 온 전화인 듯, 받을 때 조금 민망스럽기도 하지요. 그래도 반갑게 받아 주면 상대방은 덜 민망스럽고 다정한 마음이 생겨나기도 하겠네요.

인사치례처럼 언제 한번 만나자는 말은 사실 아무 의미도 없는 말이듯, '언제'라는 시간도 '언제나' 오지 않을 시간이라는 말이 새롭게 다가오네요. 나도 그랬을 것처럼.

# 맨땅에 머리를 박다

위대한 예술이나 문학이란 게
진열대에 걸린 동그라미 숫자처럼 천박해지듯 남루해진 게
천문학적 금액이니 밀리언셀러 천만관객 등
그 동그라미들의 수식어였기 때문이었을 거다

내 잘 팔리지 않는 책이나
일 년에 한두 번 가고야 마는 백화점 1층 진열대를
진중하게 넘겨다보는 아내를
불안하게 힐끔거리면서도 그랬을 거다
배부른 돼지보다 배고픈 테스 형이 되겠다는
굳센 다짐 같은 것 말이다

된장이니 뭐니 씨부렁거리면서도
된장공장 공장장이 될 자신이 없듯이
베스트셀러 작가가 될 자신이 없는
무능한 사내의 비겁한 역설이었던 듯

그럼 아예 배부른 돼지가 돼

그도 자신이 없는 건

절차탁마(切磋琢磨)가 더 현실적인 듯

그 뜻이 맨땅에 머리를 박는다, 였듯?

—

막연하게 읽어 보고 싶은 책을 선택할 때 베스트셀러 목록을 검색하듯이 대개의 사람들은 개인의 취향을 선택하기보다는 대중들의 쏠림을 선택한다고 해야 하나? 그럴 것 같아요.

나야 좋아하는 작가님이니 찾아서 보는 거지만, 많은 독자들에게 그 이름이 알려지지는 않았으니 말이어요. 이렇게 날마다 일기처럼 아침 엽서를 적어 부치다 보면 맨땅에 머리를 박지 않더라도 좋은 날이 꼭 오고야 말 거예요.

# 보리피리

행정구역상 고흥군 도양읍

지금은 연륙교로 섬을 건너가지만

당시는 친근한 지명인 녹동포구에서 배를 타고

오 분 정도 건너가야 했던 곳

푸른 바다와 축복 같은 연초록 대지

우거진 송림의 풍경을 담은

작은 사슴을 닮은 듯 아름다운 섬


문이 닫혀 있던 시절로 소록도에 갔던 길

소설 『당신들의 천국』을 읽고

가엾은 자들의 천국이 아닌

당신들의 천국의 모습을 보고 싶었을까

그보다는 저주 같은 천형(天刑)이 내린

가엾은 인간들이 내쳐진 모양으로 더 알려진 섬

지금은 관광지처럼 병사지역을 제외하고는

자유스럽게 들고나지만
예전엔 일 년에 단 한 번 개방하던 곳
하지만 일정 지역을 제외하고는 들어갈 수 없는 곳이었고
유니폼에 각을 준 모자를 내려쓰며 떼를 쓰다시피
눈부신 햇살 속으로 걸어 들어갔던 길

바다 건너 실어 온 나무들로도
잘 가꾸어진 아름다운 중앙공원
오래전 수용되었던 환자들을 강제 동원해 만들었을까
'이 더러운 문둥이 새끼들,
썩어 문드러진 몸을 아껴선 뭘 할 테냐?'
주변의 섬에서 배로 옮겨 온 돌들을
더 갈 데도 없을 것 같은 저주 같은 욕설을 들으며
'메도 죽고 놔도 죽는' 극단의 고통을 감내하며
어깨에 피멍을 새겼을 가엾은 이들

과연 누구를 위하여 아니 누구를 위한
지상의 천국을 꿈꾸며 성치 못한 이들을 짐승처럼 내몰며
이곳에 이토록 아름다운 공원을 만들어 낼 생각을 하였는지
공원에 서 있지 못하고 누워 있던 차디찬 「보리피리」 시비
가늠할 수 없는 좌절과 절망을 그리고 채 피워 내지 못한
인생의 꽃송어리를 씹으며 절규처럼 시인은

보리피리를 눈물로 지어냈을 터

한 자 한 자를 읽어 내리며 한동안 무릎을 꿇어야 했던가

비록 얼마간의 사치스런 감정이었을지라도…


이제 남도의 들녘을 제외하고는

보리꽃은 볼 수가 없는 꽃이 되었더라

이 시대를 살아가는 아이들은

이 삭막한 도시의 화단에 가끔 볼품없이 피어나는

화초로 기억이나 할지도 알 수 없는데

보리꽃이 피면 그 아름다운 섬에 누워 있던

그 차디찬 시비의 한 구절 한 구절이

찬 겨울비처럼 내리기도 하였더라고

—

너와 나, 대개의 사람들은 자신을 넘어서기가 어렵지요. 타인의
아픔이 조금이라도 내 아픔이 되기 어렵다는 말처럼.

한하운 시인의 「전라도 가는 길」이란 시는 한센병 환자들의 아
픔이 그대로 전해지는 듯했어요. 이청준의 『당신들의 천국』을
읽으며 너와 나, 인간의 미욱한 심성에 대해 생각해 보았던 것
같아요. 청소년을 포함하여 많은 이들이 그 현장에서 타인의 고
통과 절망도 느끼고 공감했으면 좋겠네요.

# 수달래꽃

개울가 척박한 바위틈에 뿌리내린
산골짝 흐르는 물소리가 좋아
산철쭉의 다른 이름 수달래꽃 피는 시절
산골짝 흐르는 물소리 좋기로서니

개울가에 산다는 게 고달픈
여름 한철 장대비라도 내리면
거센 물줄기에 휩쓸려 할퀴고
단단한 돌 틈 사이 뿌리조차 흔들릴 거다

연초록 봄 산을 건넌 아침 햇살에
고운 분홍빛 꽃술을 펼쳐
청류에 더 붉어지는 건 먼 그리움인 듯
수달래꽃 피는 시절이려나
주절거리는 물소리에 붉어지는 꽃잎들처럼

—

언젠가 오월에 지리산 뱀사골에 갔다가 신록으로 푸르러져 가는 개울에서 분홍빛으로 피는 수달래를 본 적이 있어요. 이른 아침에 보면 더 아름다운데….

여름이면 거센 물줄기에 시달릴 것이라고는 생각하기도 어려운데, 그렇게 자리를 잡아 한 철 꽃을 피우는 거네요.

글쎄 무슨 그리움이려나요?

# 유모차

공부 잘하라는 말보다는
선상님 말씀을 잘 들어라 말씀하셨던 엄마는
늘 머리 위 무언가를 이고 다니느라
편하고 좋은 것을 생각할 틈이 없었던 듯했다

놀이공원이든 동물원이든
유모차에 아이들을 태우고 가 본 적이 없는 엄마는
그 유모차가 부러웠던지 허리가 굽어서야
재활용 유모차를 한 대 장만했으니
놀이터에 가듯 텃밭에 가실 적마다 밀고 가신다

머리맡 약봉지는 늘어 가면서도
이제 고만 일 좀 하시라니께요, 성화를 부려도
꼼작거려야 덜 아프당께
차 밀리니께 어버이날 이번인 오지덜 말어

—

시골에 허리 굽은 노인들 대부분이 유모차를 밀고 다니시더군요. 아마도 당신들의 아이들을 태우고 놀이공원에 가 본 적도 없으셨을 텐데.

평생을 일만 하신 어머니들, 움직여야 덜 아프시다는 말이 참 가슴 아리게 들려오네요.

그래도 꼭 부모님께 다녀오셨으면 해요.

# 제비

천 번도 넘게 들고나며
개흙과 검불 따위를 물어 날라 쌓아 올리는 집
사람이 떠난 빈집이면 제비도 깃들지 않았다

형 놀부는 벌을 받고 아우 흥부는 복을 받았다는
오래된 이야기는 착하게 살며
아이들도 많이 낳으라는 비현실적인 교훈보다
제비를 잘 보살펴 주라는 현실적인 교훈이 있었던 듯

잠시 앉아 정답게 재잘거리지만
암수가 고르게 부지런히 먹이를 물어 나르는 모습에
물 찬 제비라 했을 거다

낯선 곳에서 우연히 친구를 만나듯
여행길에서 제비를 만나면
고향 친구를 만난 듯 반가운 게

해마다 돌아와 토방 위 기둥에 집을 짓고
한 식구처럼 살았던 때문인 듯했다

—

제비는 사람과 제일 친숙한 듯, 시골집마다 손님처럼 깃들어 한
철을 살다가곤 했는데, 이제는 주로 바다가 가까운 지방이나
환경이 비교적 좋은 곳에나 가야 볼 수 있더군요.
『흥부전』의 이야기는 형제간의 우애와 욕심을 경계한 것이지만,
글쎄 이야기는 이야기일 뿐이겠지요. 시인님의 말마따나 제비를
잘 돌보아 주라는 말인 듯도 싶네요.

# 버린 것인지 비운 것인지

각방을 쓴 지 오래되었어
왜?
그런 건 묻는 게 아니라
물어 주어야 하는 거야

그럼 버린 거야 비운 거야
버렸다는 자든 버림을 받는 자든
모호한 것이어서 비운 거겠지

—

"행복한 가정은 모두 엇비슷하고 불행한 가정은 불행한 이유가
제각기 다르다."

주인공 안나 카레니나의 불우한 삶을 그렸던 소설에서 첫 문장
을 통해 톨스토이가 말하려고 했던 바는 결혼 생활이 행복해지
려면 수많은 요소들이 동시에 성공적으로 이뤄져야만 한다는
것이었을까요?

아무튼 여러 이유가 있겠지만 여자의 입장에서 좀 그렇지만, 여성
의 권위가 신장되면서 아이러니하게도 가정이 깨지는 경우가 많
아지는 세태인 듯해요. 요즘 많은 부부간의 상황을 짧지만 그
대로 그려 놓은 듯싶네요.

# 향주머니

꽃을 매달며 향주머니를 터트리듯
아까시꽃 피는 계절이면
까맣게 잊혔던 이가 돌아 나오곤 했다

향기로운 오월의 산길에서
두 해 동안 마주쳤던 사내
남녘 창녕이었던가
꽃을 따라 아버지와 함께 양구까지 북상한다던
잠시 벌통을 옮겨 주며 꿀차도 나누었던
한 철 꽃을 쫓는 그의 삶이 폼나 보였다니
검게 그을린 얼굴 주름을 지우며
벌들이 도와주면 올해는 노총각 신세를
면할지 모르겠다며 쑥스러워하던 사내

이제 잊힌 일처럼
아래위 녘 한꺼번에 꽃이 피어나니

북상하는 꽃을 찾는 낭만도 없어진 건지
머문 듯 가는 것이 세월이라지만
그리움은 바람이 날린 향기인가
꽃잎은 또 지고야 마는 것을

—

아까시꽃은 정말 행주머니를 달고 있는 것일까요?
제주에 유채꽃이 피면서부터 벌을 치는 사람들이 꽃을 따라 북
상한다는 이야기를 들은 적이 있어요.
아침 출근길에 넘던 우면산에서 벌 치는 사내를 만났던 거네요.
온난화로 개화 시기가 크게 구별되지 않으니 그런 상황이 생긴
것도 같고.

# 불두화

그 옛적에도 그랬던지
신에게 고분거리지 않는다며
본디 한 몸이었더라는데
두 몸으로 갈라놓았다는 것
그러니 다시 한 나로 합치고 싶어
서로 애태우며 그리워하노라고
『향연』에서 아리스토파네스는 말했다

그 말대로면 남과 여는 한 몸이었다지만
취향도 소갈머리도 너무 다르지 않던가
에로스는 야한 것에 쓰이지만
본디 아름다움의 추구였다

백당나무꽃도 피는 아침
암술이 아름답지 못해
주위에 아름다운 헛꽃을 만들어

벌과 나비를 유혹하는데
인간들은 그 헛꽃만으로
불두화를 만들었다

암술도 수술도 없는 무성의 불두화
부처의 머리 모양이라는 의미를 두었는데
보기에는 아름다운 듯

사랑의 갈망이 없는 꽃은
저리 시무룩한 걸

—

정말 인간은 본디 한 몸이었을까요? 신의 저주처럼 다시 갈라졌
다는 그분의 말이 쉽게 이해되진 않지만, 나름 철학적인 산물이
겠지요.
오월의 절 마당에 소담스런 불두화가 피어나는데, 그런 숨겨진
이야기는 알지 못했어요. 백당나무는 한 번도 보지 못한 듯, 오
늘은 꼭 두 꽃을 찾아보아야겠네요.

# 고분고분 지분지분

오가는 이 보든 말든
찔레꽃 고분고분 피던 산길
그 향기가 슬프다 했던 건
집 안에서 고분고분하던 자
더러는 집 밖에서 지분덕거린다는 말이 돌았다

요염한 듯 보아 달라며
넝쿨장미 지분지분 피는 골목길
지분지분 피는 꽃 속에 가시가 있단 건
알다가도 모르는 자들이 많았다

찔레꽃이야 지분지분 다가가
향기를 받아 들지만
넝쿨장미 그 빤빤한 모습
고분고분하지도 않았다

봄은 지분지분 왔다가는
간다는 말도 없이 떠나 버리고
고분고분 여름이 달려 나오는 계절
내 삶도 고분고분하기보다
지분덕거리는 시절
초여름 초록의 초원이여

—

'고분고분'과 '지분지분', 비슷한 듯 다른 말의 의미를 생각
해 보게 되네요. '고분고분'은 수동적이고, '지분지분'은 능
동적이죠.
집 안에서는 아내에게 기가 죽었던 이가 밖에 나오면 지분거린다
는 말도 있답니다.
오월에 피는 넝쿨장미는 화려해서 지분거리는 듯, 하지만 장미
에는 가시가 있다는 걸 잊기도 하지요. 그건 분명한 것 같아요.

# 소리

찔레꽃이 피면 봄 가뭄이 시작되곤 했던 시절
논에 물 들어가는 것과 자식 입에 밥 들어가는 게
가장 기쁘다는 말도 생존의 처연한 자국처럼
아전인수(我田引水)란 말도 있었다

비가 넉넉한 듯 써레질한 무논에 새벽이면
앞산이 내려와 세수를 하듯 잠겼다
제자리로 돌아가고 여명의 빛이 스미기도 하는 시절

잃어버린 그리운 소리들
무논을 첨벙거리며 농부가 소를 부리는 소리
비 오는 밤이면 밤새 그칠 줄 모르던 개구리 울음소리
소리도 그리움이 되었던 거다

—

우리의 생존과 가장 연관이 있는 기후는 일정한 변화의 형식을 갖춘 듯, 봄 가뭄의 일상이었던 적이 있었어요. 그래서 장마라는 말도 나왔겠지요.

모를 심기 위하여 써레질한 논에 산이 내려와 감긴 모습은 단 며칠만 볼 수 있는 풍경이었어요.

그래요. 자연 속에서 살아가던 소리들, 이제 다 그리움이 된 듯해요.

# 넝쿨장미가 피어 있는 집

너의 기쁨을 전해 들었을 때
가끔은 질투이거나 시기의 눈총으로
너를 바라볼 수도 있었다는 거
어제도 그랬을 거야
얼만가 하는 전원주택을 샀다던 너의 자랑질에
사촌도 아닌데 속까지 조금 쓰리더라는 거

오가는 길에 일부러 들러
머물다 오는 울이 없는 집
그 집에는 작은 연못이 있거든
노랑 꽃창포가 한창인 계절
금붕어 비단잉어들이 왔다리 갔다리
마중물을 부어야 했던 펌프도 서 있는 집

그랬을 거야
네가 얼만가 한다는 말보다

울타리엔 넝쿨장미가 만발이고
그 아래로 강낭콩을 심었고
텃밭에 상추며 쑥갓이 한창이야
한번 들러서 좀 챙겨 가라고
했더라면 참 좋았을 거라고

—

어린왕자 이야기에도 그런 이야기가 나왔던 것 같아요. 얼마짜리
집을 말하지 말라는 듯.
우리네 삶은 거처할 집 때문에 얼마나 흔들리고 사는지…. 잠시
머물다 가는 것일 뿐인데요.

# 함박꽃

입이 마르는 게 아닌 목이 마르다는 것은
갈증이 도지면 목을 넘나드는 숨이 멎을 수 있으므로
갈증을 푼 대지는 한껏 해갈(解渴)의
함박웃음을 짓는 듯 싱그럽다

함박눈 함박꽃 그 이름도 불러 본다
함지박 그 가운데 한 자를 파낸 듯
통나무 속을 파내어 푸짐하게 채울 수 있는
커다란 나무바가지가 함지박이듯

함박꽃 셋도 피고 지는 시절
모란을 지고 난 뒤 피어나는 작약꽃도
우물가에 피어나는 수국꽃도
산중 우아하게 피어나는 산목련도
함박꽃 셋을 한날에 보면
함박 행운도 온다던데

해갈 그 충만함의 대지에
싱그러운 신록으로도
더 바랄 행운이 없으려니오

—

가뭄으로 대지가 말라 갈 때 내리는 비에 젖는 대지는 정말 함
박웃음을 짓는 듯 싱그럽지요.
함박이라는 말이 새삼스러워요. 함박꽃이라고 불리는 게 세 가
지가 있다는 것도. 나도 세 가지 함박꽃을 한날에 보고 싶네요.

# 돌나물꽃

오래된 우물이 있던 마을
우물은 우리들의 물이었다
겨우내 우물가 돌 틈에 숨어들었던
수다들 봄볕에 돌아 나오면
돌나물 화사(花蛇)처럼
눈을 뜨고 푸른 손을 짚어 나왔다

우물가에서 만나면 오늘은 무슨 말을 하지
물지게 진 머슴애 얼굴만 붉히고 힐끔 바라보는데
지난밤 수없이 구겨져 던져 버린 말들이
주머니 안에서만 웅얼거리고
물동이 똬리에 매달린 한 가닥 입에 문 처자는
이마에 흘러내린 부끄러움이듯 훔쳐 내며 돌아서는데

우물가 돌 틈 사이 노랑별처럼
돌나물꽃 피던 늦은 봄날

보퉁이를 든 모습 광천역에서 보았다던
처자는 우물가에 다시는 오지 않았다
우리들의 물은 메워진 지 오래
우리들의 봄날도 그렇게 지나갔다
밭둑성이 돌나불꽃 다시 피어나는데

—

집집마다 펌프나 간이상수도가 연결되기 전에는 마을마다 공동
으로 쓰는 우물이 있었지요. 아낙들은 우물가에 와서 고된 시
집살이의 고달픔을 빨래방망이를 두드리며 털어 냈을 테고요.
아마 좋아했던 처자를 우물에서 만났던 날의 이야기인 것 같네
요. 결국 아무 말도 건네지 못했는데 처자는 집을 나갔고, 우리
들의 물도 메워지고….

# 들밥

일 인분에 얼마짜리 밥을 먹었다고
자랑하는 너에게 돌려 물었었지
손모 내던 시절 들밥은 먹어 보았더냐고

들밥은 모내기철 들밥이 제일이었어
토끼풀꽃 민들레꽃 엉겅퀴꽃 흐드러진
봄이 익어 가는 들녘의 향기로움
호랑나비 흰나비의 한가로운 날갯짓

이른 새벽 모판의 모찌기부터 시작된
고된 육신에 휴식이 주어지고
대지의 정령에게 감사한다는 고수레의 예를 올리고
이런저런 이웃 간의 헝클어진 마음도
들큰한 아욱국에 삼켜 버리던 정을 나누던 음식
어찌 더 호사스러울 수 없을 듯싶던
만족감과 포만감

지나는 방물장수도 엿장수도
건너 논에서 써레질하던 사람도
모두 불러 모으고
동네잔치처럼 수다스럽고 풍요롭던
모내기철 들밥 먹던 풍경들

들밥 후에 부드러운 대지를 베고 드러누워
흰 뭉게구름을 이불 삼아 한 줄금의 토막잠은
그 들밥만큼이나 맛나고 달콤했던 것
아무리 비싼 밥도 모내기철 들밥에다 어찌 비할손가

—

요즘은 볼 수 없는 풍경이네요. 들밥 내가는 엄마를 따라나섰던 길, 모내기하는 일이 얼마나 힘든 일인 줄은 잘 모르니, 나풀거리듯 오월의 풍경이 돌아 나올 뿐이네요.

공동체라고 하듯 여러 가지를 함께 나누었던 그 시절이 그리워지는 아침입니다.

# 밤꽃

첫여름에 연초록 첫눈이 내린 듯

밤꽃이 피는 마을

멀리 향기로 다가오다가 다가서면 느끼한 냄새인 듯

어둠을 느리듯 밤과 상관있어 밤꽃이랬다

향기를 피워 내는 것은 수꽃이랬으니

홀로 사는 과수댁은

윤사월 상현달이 질 때까지

사립문을 걸지 못했다


꽃인지 풀어내지 못한 정염일지

향기인지 냄새인지

갈래갈래 풀어헤치듯 산발을 하고

초여름 밤 마을을 떠돌았다

밤꽃이 지는 마을

태양은 뜨거워지고

숨겨 둔 정염 부끄러운 듯

가시로 집을 지어 숨어들었다가
여름을 건너서면
새벽녘 장닭 홰치는 소리에
과수댁 뒤꼍엔 알밤이 굴렀다

—

그림 속의 사립문이 열려 있는 것은 무슨 이유일까요? 멀리서는
향기로 다가오다가 가까이 다가가면 냄새로도 다가오는 밤꽃이
저녁이라는 밤과 상관있다는 거네요. 글쎄 여자들이 그렇다고
이상한 소리들을 하지만, 난 잘 모르겠어요.
그렇듯 숨겨진 정염이 부끄러워 가시로 집을 지어 숨어들었다가
가을이 오면 그 과수댁 뒤꼍에 알밤이 굴렀다는 이야기이군요.

# 낙타의 꿈

내가 처음 그 낙타를 만났던 건
미술관 옆 동물원에서 열린 혹서기 마라톤대회
동물원 앞 호수를 두 바퀴 돌고
동물원 뒤편의 플라타너스 그늘 길을
왔다리 갔다리 달리는 코스였다

8월의 폭염에 지쳐 갈 때
울타리 너머 낙타가 사납게 다가오며
고래고래 소리를 질러 댔는데
야 사막을 뛰어다녀야 하는 건 나란 말이야
근데 나는 왜 가둬 놓고
이 더위에 무슨 지랄들처럼 뛰어다니느냐고

낙타는 고비사막이 고향이랬다
사막이 싫어 자원해서 동쪽으로 왔는데
이제는 두고 온 고향이 그립다고

사막에 가는 길이 생기면 엄마에게
안부를 전해 달라고 부탁했었는데

다음 해 고비사막에서 열린 울트라마라톤 대회
낙타의 엄마를 만나 부탁을 전해 주었던 길
사막에서 처음 만난 낙타는
너도 전생에 같은 종족이었다며 반가워도 했던 건

돌아와서 다시 만난 서울대공원의 낙타가
2세를 보았다고 이름은 거봉이랬다
태양이 뜨거워지면
돌아가고 싶은 고향처럼
나도 사막이 그리워지곤 했다

—

사실인지 꾸민 말인지, 아침부터 헷갈리지만 마라톤 대회가 참가
했던 건 사실이겠네요. 낙타가 말을 한 건 아니겠지만 욕을 먹어
야 될 것도 사실이고요.
사막에 다녀온 이야기는 책 『무신론자를 위한 변명』에서 보았
지요.
태양이 뜨거워지면 돌아가고 싶은 고향 같은 곳이라는 말에 생
각이 많아지네요.

# 마곡사 가는 길

언제나 그곳을 생각하면 마음엔
순한 개울물이 소리를 내며 흐르기 시작하니
그곳의 풍경을 그림으로 그린다면 수묵화가 제대로 어울릴 듯
한지에 짙게 배어든 먹빛이래야 제대로
그려 낼 수 있을 것 같은 풍경이니
예부터 봄이 제멋이라고 이르기도 했던 건
절집을 활처럼 태극의 모습으로
휘돌아 흐르는 개울물 때문이 아니었을까

그곳에 가면 깊은 밤에 듣는 물소리가 좋았던 건
잠들었다가 깨어나 듣는 물소리는
잠들었던 것이 허무해 죽을 지경으로 좋았던 것인데
옳고 그름이 뒤섞여 물속을 들여다볼 수 없도록 혼탁한 세상
창문 틈으로 스미는 물소리로는 성이 차지 않아
야심한 시각에 밖으로 나가 물소리를 듣기도 했더란다

잠을 잘 때는 현실로 이런저런 욕망과 번뇌로 흐르던
의식은 멈추어지고 무의식으로 흐르기도 할 텐데
물소리는 현실로 흐르는 의식을 멈추게도 하는 게 아닌지
내면의 나를 지긋이 바라볼 수도 있었던 시간이었으려나

오래 갈고 품을 꿈을 꾸기에는 낡아져 가는 육신
이제 허튼 바람이라도 더 많이 품어내야지
은적암에 오르면서는 청청한 소나무처럼
스스로 그러하도록 살아야지 하는 생각도
마음은 벌써 마곡사로 간다

—

삼베옷의 재료가 되는 마(麻)가 밭에 총총히 서 있듯 법회에 모인 골짜기의 사람들이 많았다 해서 마곡사라 한다지요. 개울물 소리는 잠시 내면에 들어오기도 하는 듯 정말 잡념을 가려 주는 듯하더라고요.

백범 선생이 잠시 숨어들었듯 한 철 숨어들어도 좋을 것 같아요. 언젠가 가 보았던 것 같은데, 내년 봄에는 꼭 한번 가 보아야겠네요.

# 너는 그런 사람을 가졌는가

돌아서 가는 사람이었다면 한 번 더 돌아보기를
그건 다시 만나고 싶은 사람이었듯이
삼켰는데도 입안에 은밀한 맛이 남아 있다면
언젠가 반가운 이와 다시 먹고 싶은 음식인 거다

원망과 분통으로 누군가를 비난할 때
옳고 그름 이(利)와 해(害)의 시시비비를 묻거나
따지지도 않고 무조건 내 편이 되어 주는 이
크게 어려운 일이 아닌 것 같은데도
당최 그런 친구를 찾기 어렵거나
나 또한 그러하기가 어려운 건 내 안에
숨은 결핍과 허물의 수치심 때문인 거다

죽도록 바꾸고 싶은 나의 단점 그게
타인에게는 약점이지만 나에게는 강점이라 생각하는 거
나는 나를 챙기고 가끔은 잘 놀아 주어서

나와 먼저 절친이 되어야 하는 거다
너는 그런 사람을 가졌는가
부디 시험에도 들지 말시기를


—

마주했던 누군가가 돌아서 갈 때 한 번쯤 돌아보기를 바라는
적도 있지요. 그런 사람이라면 다시 만나고 싶은 사람이라는 거,
맞아요.
친한 사이라고 내 허물을 말할 때 내 편을 들어 주기를 바라면
서도 상대방이 그런 말을 할 때에는 그러하기가 어려운데, 그건
내가 평소에 느끼는 부족함과 현상에 대한 수치심 때문이라는
거네요.
그 누구보다도 나와 다정한 친구가 되어야 한다는 말이 쉬운
듯 어렵게 다가오는군요.

# 천리포수목원

그해 오월 젊음도 봄빛처럼 푸르던 시절

진실과 거짓이 뒤엉켰던 광장

이방인 이야기 속

그 허무하거나 맹랑한 주인공이 생각나던 시절

대열의 선두에 섰다가 페퍼포그 차의 야만에

운동권의 깜이 아니었던지

뒤로 빠져 고향으로 돌아왔었다


일당 4천 원 모를 심고 보리를 베고

타작마당 상일꾼으로 품을 팔러 다녔다

태양이 뜨거워지면 숨어들 곳을 찾듯

한 마리 철새처럼 깃들었던 곳

섣불리 흉내 낼 수 없던 고음의

단말머리 유행가가 하루에 몇 번이고

뜨거운 해변을 떠다니던

만리포를 얼마간 돌아서면 천리포였다

비릿한 해풍이 파도를 실어 나르고
작은 포구와 무인도를 앞에다 둔
수목원에서의 일상들
세상의 아름다운 수목원
처음부터 그런 꿈을 꾸었을까

미국인으로 이 땅에 와 평생을 독신으로
최초로 한국인 민병갈로 이름을 바꾸었던 분
주말이어야 그를 만났지만
한 달여 수목원의 초보 정원사로
다시 여름 철새처럼 한 철을 머물렀던 곳

흘러간 그림자처럼 친근한 모습
흉상으로 앉아 있는 그를 다시 만났던 날
흠모하는 마음으로도 그를 올려다보며
그가 나에게 묻듯 내가 내게 퉁명스럽게 물었던 말

넌 이 땅에 무엇을 남기고 가려느냐고

—

그때부터 나무와 꽃을 좋아하셨나 보네요. 저도 그분 이야기를 들어 본 것 같아요. 45년 해방이 되면서 군정이 시작되었을 때 중위로 한국에 오셨다가 전쟁이 끝나고 다시 한국에 정착하셨다는.

어찌 보면 삶은 추억을 남기며 흘러가는 듯, 시인님의 지나온 길이 가끔은 부럽기도 해요.

혹시 묻거들랑, 소중하고 그리운 이야기들을 많이 남겨 놓으셨다고, 꼭 말씀해 주시길요.

# 아, 잊으랴

장맛비에 젖으며 천수답에 늦모를 심고
뻐꾸기나 한나절 놀다 가는
산밭에서 하지감자 한 삼태기 캐 왔던 시절
가파른 보릿고개는 넘어섰을 유월이었다

한나절만 밀어붙이면 평양이라더니
한나절도 견디지 못한 채 한강을 건너
도망치던 자들이 건너지 못한 동강낸 다리
깃발은 꺾이고 짙푸른 초목들은
아비규환 아우성에 검게 그을어 시들어 갔다

조국은 없고 산하만이 있을 뿐이런가
초개(草芥)처럼 목숨을 던진
이 땅과 이국(異國)의 숱한 용사들
터전을 잃고 피붙이조차 생이별의 통한
관용과 포용, 인간의 인간에 대한

신뢰가 무너진 대지였다

비겁한 평화도 있을런가
평화는 결사(決死)의 보루(堡壘)에서 피어나는 꽃
자유는 저마다 주인이 될 때 번지는 향기
역사를 잊은 대지는 비극을 잉태한다는 것을

—

그런 생각을 한 적이 있어요. 유월 하순에 시작된 전쟁이 다른 철이었더라면 하는. 유월 하순이니 천수답까지 모는 심었던 시절이었죠. 전쟁의 참화도 참화지만 한 해 농사를 망치면 백성들은 굶주려 죽을 수도 있었을 거고요.

말로만 평화를 외쳤던 위정자들, 역사를 잊은 백성은 다시 그런 화를 면할 수도 없겠지요.

남과 북으로 갈라진 대지에 전쟁이라니, 위정자들은 현실을 직시하지 못했고 동족의 가슴에 총부리를 들이댄 참담한 비극의 세월. 삶의 터전을 잃고 가족을 잃거나 헤어지고, 여전히 비극은 이 땅에 머물고….

자유는 저마다 주인이 될 때 번지는 향기라는 말을 새삼스럽게 새겨 보는 아침입니다.

# 여름 지리산

전라선 무궁화호 막차가 곡성을 지나
섬진강을 만나면 자정을 지나 날이 바뀌고
구례에 도착하면 태곳적부터 서 있는 듯
지리산은 검은 몸체를 드러낼 뿐
아버지의 모습도 건너다본다

새벽 예불을 알리는 화엄사 범종 소리는
개울을 건너면서 물소리로 흐르고
산 아래에서 지고 온 번뇌는
번져나는 땀에 잠시 흘러버렸을까
산이 숨어드는 곳이기도 한 것은
옹달샘이 있기 때문이듯
두 손에 모은 한 모금의 물이 달콤했다
멧새들도 아침잠에서 깨어나지 않은 시간
오가는 인적도 없는 적막강산에서
심신은 더없이 충만했던가

순간 비어 있는 주머니에서

잡히던 흔들리던 갈피

지나온 옹달샘가에 놓고 왔을까

전화기를 찾으러 지나온 길을

곱씹으며 되돌아가는 길에서

늙은 아버지의 모습을 보려 했던 건

당신의 속을 알 수 없었다는 것은

내 아들의 속을 알 수 없음과도 같았다


젊은 날의 좌절과 상실로

채울 수 없던 욕망의 허기

집 안에 관심과 애정을 채워 두기보다는

집 밖에 더 많이 그것들을 놓아두었을까

허업이었기에 이제는 돌아가더라도

다시 되찾을 수 없는 것들에서

건방지게 아버지의 허망한 모습을 떠올렸던 것은

두고 온 것 어찌 챙겨 볼까 되돌아가는

영락없는 내 모습이기도 한 것을

잠시 잃었던 것을 찾아들었지만

이제는 찾을 수 없는 것들이 얼마나 많은지

가야 할 남은 길이 결코 가볍지도 않았기에

지친 몸으로 노고단을 향해 오르던 길

대피소를 지나 걸음을 아끼듯 노고단으로 오르는 건

지극한 연인을 만난 듯 희열을 누리기 싶기 때문이었듯

겨울이면 시린 바람에 상고대로 피어나던 평원에

여름 지리산은 초록의 바다로 흐르고

그 초록의 바다를 운무가 또 흐르는 건

시절 인연이듯 철 따라 피고 지는 야생화들

노고단에 이르러 천지를 분간해 보지만

미욱함의 끈을 끊어 내기는 또 얼마나 어렵던지

여명이 닿은 노고단에 잠시 무릎을 꿇는다

부디 이 생에서 무애하거나

남은 생에서 더 무심해지기를

—

겨울 지리산에서 어머니를 생각하고 참 생각이 많았는데, 여름 지리산에서는 아버지를 생각하신 거네요. 아버지가 편찮으시다는 이야기를 언뜻 들은 것 같은데, 아마 그래서 그럴지도 모르겠어요.

새벽 예불을 알리는 범종 소리가 개울을 건너면서 물소리로 들린다는 것은 절에서 멀어진다는 의미이겠지요.

옹달샘에 두고 왔을 거라며 전화기를 찾으러 오른 길을 다시 내려가면서 그런 생각을 하신 거네요. 아버지가 가지실 법한 회한과 아쉬움 같은 것, 우리 삶이 그런 것 아닐까요.

조금 막연하지만 저도 그런 바람을 가져 봅니다.

'부디 이 생에서 무애하거나 남은 생에서 더 무심해지기를….'

# 어정칠월

어정칠월이라더니
늘 그렇듯 세월은 반이 기울어 왔다
7월은 소리 없는 아우성이 가득해지며
대지는 무성해진다
소낙비 지난 뒤 뜨거운 햇살도
대숲 죽순도 껍질을 벗고 무성해지고
수런거리는 연잎 사이로
불꽃처럼 꽃대가 오르고
개개비 노랫소리도 무성해졌다

송알송알 포도송이도
옥수수수염이며 고구마줄기도
무성해지며 속살을 불려 갈 테고
호박꽃도 한 철 무성할 거다
밤하늘의 별들도 영글어 가며
먼 빛 떨어지는 곳 그 어딜는지

떠나려는 마음도 영글어 가는 계절
철이 바뀌기까지 무성해지는
씹을수록 더 단단해지는 비애는
뒤에다 두고 견딜 수 없도록
열기 속으로 들어가야겠지

—

어정칠월이라는 말은 어디에서 나왔을까요? 어정거리다가 지나가 버리듯 흘러가는 세월이겠지요. 그래도 바쁜 철은 지났으니 좀 여유를 가졌던 시절이었을 것 같아요.

남 이야기하듯 세월이 빠르다는 이야기, 이제 칠월이네요. 연못에 수련이 피고 연이 불꽃처럼 꽃대를 올리고, 개개비는 목청껏 한나절을 울어 대고, 뜨거운 태양 아래 익어 가는 것들….

어딘가 떠나고 싶은 계절, 뜨거운 태양을 피하지 않고 그 열기 속으로 걸어갈 수 있다면 좋으련만.

# 살구나무 흔들다

연분홍 살구꽃 꽃구름처럼 피어오르던
이른 봄날에 처음 만나고
봄꽃들 하나씩 질 적마다 만난 듯
유월은 인동꽃 향기처럼 후딱 가 버렸던 계절

장맛비 잠시 그치고
골목 돌담길 모퉁이를 돌아서 내려오던 길
추억을 건네듯 울 밖으로 나온
노란 살구나무 가지를 신나게 흔들었던 첫여름의 환희
떨어져 구르는 살구를 따라
쪼르르 따라 나와 줍기를 바랐을 텐데
뻘쯤하게 서 있는 모습

살구꽃보다 더 붉어진 살구알
허리춤에 훔쳐 건넸을 때 내 손을 채트렸었지

누가 먼저 돌아섰는지 모르겠어

다시 칠월이 오고
살구는 익어 가는데
흔드는 이 하나 없는 듯
그 모습으로 살구나무 슬프게 여름을 건너간다

—

살구꽃은 분홍색과 붉은빛까지, 단 한 가지 색으로 구분되지
않죠.
봄꽃들이 질 때마다 만난 연인이 있었군요. 그렇게 봄꽃들은 지
고 인동꽃이 피고 살구가 익어 가던 시절에 노란 살구를 흔들었
고, 떨어진 살구를 달려와 주워 주길 바랐는데 그러지 않았다는
거네요.
살구나무의 여름은 그렇게 사랑처럼 시작되고 이별처럼 지나갔
군요.

# 주아

오랜만에 그 친구를 만났을 때
점점 주근깨 모습이 되돌아왔다
깨 좀 팔아라 깨 좀 팔아라
놀림감이었던 그의 주근깨 얼굴
이제 반백의 터럭이었지만 그 흔적은 말끔했다

이제 깨는 다 팔았는갑다 말끔해졌네
색 바랜 앨범처럼 마른버짐에
주근깨 얼굴을 그려내 보는데 그가 한마디 했다

요즘두 아침마다 한 편의 시구를 지어내느라 애쓰는 겨
그러려도 주옥같은 시구를 고민하지 말고
참나리꽃 피면 내려앉듯 주아 같은 시구를 꾸며 내면 돼
주아는 폼으로 치장하는 장식용이 아닌
새로운 영토를 탐하는 생명체거든
주아는 척박한 땅에 떨어져도

나리꽃으로 새롭게 뿌리를 내리듯
네 전하는 말들이 여느 삭막한 가슴에
떨어져 순한 나리 싹처럼 피어나도록

—

오래된 친구를 만나면 옛 모습을 생각해 내기도 하지요. 신체적
특징으로 별명을 만들고 놀리기도 했으니. 그때는 그런 별명을
그저 견디거나 받아들이기도 했지요.

주로 산에서 나리꽃들이 피어나는 계절이네요. 이름도 다양한
데, 줄기와 잎 사이로 내려앉듯 까만 열매를 '주아'라 하는 거
네요. 그 주아는 생명력이 있듯, 심으면 한 개체가 되는 것이고.
그래요, 아침마다 내 가슴에 피어나듯 그렇게 많은 사람들의 마
음밭에도 순한 싹처럼 피어나기도 할 거예요.

# 참외꽃

한 마디에 하나씩만 피는 꽃

참 외로워서 참외인 거다

가난처럼 웅크린 초가집 돌담 밖

작은 텃밭 한 두둑도 차지하지 못하고

겨우 한자리 덩굴을 펼쳤기에

노랗게 익어 가도록 몰래 숨겨 두었대도

여름날의 시간들은 설익은 꼭지의

쓴맛처럼 서러운 비애였다


잠시의 고요도 참을 수 없어

액정을 응시하는 시절

홀로 된 시간 속에서 들이닥치는

고통과 시련을 맞닥트린대도

거침없이 씹어 삼키는 고독을 감내한 기운이

단맛으로 스미어 공감과 소통의

향기를 나누고 퍼트릴 수 있는 것을

꽃이 참 외로워서 참외인 거다

—

외과 식물이라고 해야 하나요. 오이꽃도 호박꽃도 하나씩만 피는 꽃.

오이와는 달리 참외는 반찬이 될 수 없는 것이었기에 작은 텃밭에 한두 그루 심었었고, 참외가 노랗게 익기도 전에 따 먹었다는 이야기네요.

서로 마주 앉아서도 각자의 핸드폰을 응시하는 시절, 잠시의 고독도 참지 못하듯 우리의 삶은 더 외로워진 듯해요.

# 내 친구 병근이

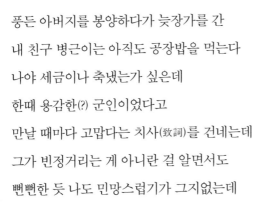

풍든 아버지를 봉양하다가 늦장가를 간
내 친구 병근이는 아직도 공장밥을 먹는다
나야 세금이나 축냈는가 싶은데
한때 용감한(?) 군인이었다고
만날 때마다 고맙다는 치사(致詞)를 건네는데
그가 빈정거리는 게 아니란 걸 알면서도
뻔뻔한 듯 나도 민망스럽기가 그지없는데

며칠 전에 만났을 때
그는 나를 또 당황스럽게도 했다
난 누구를 만나러 가기 전에 딱 한 가지만
그 사람을 위해 빌어 주어야 할 게
뭔지를 곰곰 생각해 본다니까
그러고 나서 만나면 내 기분이 더 좋더라고
할 이야기도 자연히 더 생기고
오늘 널 만나러 오면서는

뭘 생각했는지 아니?

이제 직장을 그만두더라도

마음의 평안을 갖고 주변의 것들도 찬찬히

챙겨 볼 수 있는 사람이 되었으면 하는 거라고

오늘 밥값은 네가 내라

—

그런 친구가 있네요. 많은 사람들이 친구의 의미에 대해 생각하지만, 마치 익숙한 것처럼 친구의 존재를 가볍게도 생각하는 것 같아요.

나만 힘들고 어려운 상황에 있는 것 같지만 다들 힘들다는 걸 알아주는 것, 누군가를 만나러 갈 때 그 친구가 원하는 것을 생각하는 것, 그것만으로 더 반가울 것 같은 그런 친구를 만나면 당연히 밥을 사야겠지요?

# 옥수수

동무들 모두 돌아간 교실에서
국민교육헌장을 외우던 허기진 오후
줄기찬 노력으로 새 역사를 창조하자고
득의양양 큰 소리로 외치고서야
고슬고슬 고소하게 말려들던 각진 강냉이빵
한쪽을 받아들었던 치사했던 날들이 있었다

아궁이 잿불에 익어 가는 군내를 기다리거나
여름방학 다녀갈 손주들을 기다리며
엄마는 해마다 옥수수를 심었을까

등에 업힌 듯 가슴에 안긴 듯 떨어지기 싫어
찢긴 소리를 내도록 비틀어 잡아떼어 내서는
푹푹 찌는 염천에도 싸맨 단속곳까지 우악스럽게 벗겨 내고
한 철이었으니 수염은 아닐진대 곱게 물들인 듯
삼단 같은 머릿결 잡아 뜯듯 뽑아내서는

뜨거운 맛을 들어 하모니카를 불듯 노래를 부르던 날들

—

여름은 그 잔해처럼 쌓여 가고 집에 돌아가도 군것질해 볼 것이
없던 궁핍했던 시절, 설마 나머지 공부도 했으려나요?
밀가루로 만든 투박한 건빵보다는 고소한 옥수수빵이 훨씬 맛
이 있었는데, 옥수수가 없는 여름날은 허방이었을 것 같은.
옥수수는 뭐니 뭐니 해도 아궁이에 구워 먹는 옥수수가 제일
맛있었어요.

# 나가는 글

시인을 연모했던지, 아니면 시 자체였을까?

지난 이른 봄부터 아침엽서에 답장을 보내듯 봄과 여름을 건너왔고 절기상 입추로 온 계절을 반갑게 맞았다. 계절이 오고 가는 길목에서 아쉬움으로 뒤를 돌아보기도 했지만 설렘으로 기다림을 가졌듯 흐르는 강물처럼 그와 함께 흐른 두 계절도 마찬가지였다.

'인생은 예술 작품도 아니고 영원히 계속될 수도 없다'던 영화 속의 독백을 기억하시려나. 강은 인간이 아닌 자연이 만든 것이었기에 강을 따라 흘러간 물은 다시 돌아올 수 없었듯 우리 삶도 그와 다르지 않았다.

그 유한함 속에서 잊혀 가는 그리운 것이든 늘 변화하는 자연의 것이든 시인이 전해 주는 이야기들에 시답잖은 대꾸를 하듯 나의 이야기를 붙인 것은 나름 의미 있는 바람이었을 듯싶다. 물론 그 자체에만 열중하지는 못하고 그를 만나고 싶다거나 질투의 늪을 피해 갈 수는 없었던 듯. 하지만 거리를 두는 게 미덕인 세태에서 아침이 늘 새롭도록 내 삶의 소중한 부분이었음은 말할 것도 없었다.

태양이 기울기 시작하면 아침은 게으름을 피우기 시작하고 대지의 풋것들은 존재의 이유처럼 저마다 씨앗들을 챙기고 스러져 갈 것이다. 과일들은 단맛을 들이며 익어 가고 짙은 그늘을 매달았던 나무들이 사는 숲에 물봉선꽃도 피며 가을이 오는 계절, 다시 흐르는 강물처럼 그와 함께 흘러갈 이야기들을 건너다본다.

\* 가을과 겨울 이야기는 2권에 계속됩니다.